AQUARIUS

AQUARIUS

AQUARIUS

AQUARIUS

每個人心中都有一座島嶼，

藉文字呼息而靜謐，

Island，我們心靈的岸。

威廉・崔佛

（William Trevor）

雨後

After Rain

余國芳　譯

國際媒體、作家好評盛讚

「他自然的簡樸文字，以及對荒謬的意識，也許妨礙了他應得的國際認同，但我想不到有任何人比他更應成為『偶像』。」

——曼布克獎得主，愛爾蘭作家約翰・班維爾

「他是我們當代最傑出的小說作家。」

——奧伯・隆華，《每日電訊報》年度好書榜

「一本大師級的短篇小說集，耀眼，悸動。」

——《紐約時報》書評

「威廉・崔佛這本精彩的短篇小說集《雨後》，任誰看了都會喜歡。」

——喬迪・格雷格，《星期日泰晤士報》年度精選

「這本短篇小說集就是崔佛的原型——有趣，提神，醒腦。」

——潘娜洛普・賴芙麗，《旁觀者期刊》

「崔佛這本嶄新的作品《雨後》一共有十二個短篇，每一篇都引發一場無聲的，極具毀滅性的小地震。婚姻，家庭，友情都有一道斷層，當壓力來了，震動就跟著發生，前因後果嚴絲密縫……就像是，沒有一樣東西逃得過他的眼睛；事事物物在他的筆下無所遁形。」

——彼得・肯普，《星期日泰晤士報》

「這些短篇故事看起來很安靜，但隨時都能被暴力和殘酷一刀兩斷。崔佛讓故事中那些天真無邪，頭腦簡單的角色玩弄於心機和暴力者的股掌之中……這就是他的特色，他的細膩和智慧讓我們在不同的故事裡，感受著全然不同的感受。」

——**赫妙麗・李，《星期日獨立報》**

「威廉・崔佛這本短篇小說書中的角色，藉由愛爾蘭宗教派系和英國家庭生活上的各種偽善，顯現出他們頑強的一面。有的訴之以暴力；有的拒絕被暴力打敗。短篇中的主題小說，〈雨後〉這一篇，節奏和手法都做了改變，這是一篇探討失落的故事，發生在義大利的一個山城，賞心悅目。崔佛真是一位了不得的作家。他直接又戲劇性的散文體在此發揮到了極致。」

——**茱蒂・庫克，《星期日郵報》**

「從他的每一本新書，你不難了解為什麼有那麼多的作家都會忌妒威廉・崔佛……人性，諷刺性，社會性，這本短篇小說集充滿了這些一目了然的，屬於「招牌式崔佛」的枝微末節——如此孤單——如此動人。」

——**大衛·普洛夫莫，《每日電訊報》年度好書榜**

「威廉·崔佛十足就是描寫家庭暴力的高手……他小說中的場景都很家常，很舒適，鋪地磚的廚房，塑膠板面的流理台。但，家卻不是一個安全的地方。在關著的門裡，人們過著也許安靜幸福，也許失望痛苦的日子，而在他們的心牆之內，難以啟齒的恐懼更是無處不在。」

——**克萊兒·波伊蘭，《獨立報》**

「一首滿載散文小說的詩……不論他在寫一個相信被某個女性的聖靈親吻過的男孩，或是盲眼鋼琴調音師兩個互相較勁的前後任妻子，或是在都柏林郊區行竊的兩個小毛賊，這些故事的風格都是那麼的明確，震撼，就事論事……崔佛表現得太非凡了。」

——**勞勃·奈，《泰晤士報》**

「崔佛所寫的日常生活中，那些椎心的悲劇和戲劇化的衝突都帶有一種腔調，在這個腔調裡，我們可以清楚聽到契訶夫和莫泊桑的回聲。像他們一樣，崔佛看世界的觀點是憂鬱的，絕情的……但是，也像他們一樣，他的作品裡有一種根本的樂觀支撐著，那是一種信仰，對人性不屈不撓的精神和恆久不變的愛的力量。」

——**珍・西林，《星期日泰晤士報》**

目錄

鋼琴調音師的太太們

紫羅蘭嫁給鋼琴調音師的時候，他還是個年輕人。美麗嫁給他的時候，他老了。

這之中還有一個小插曲，當初為了娶紫羅蘭，鋼琴師拒絕了美麗，這件事在他宣布再婚的時候人人都記得。「唉，她總算也得到這個老殘的他了。」街坊上一個農夫說，他沒有任何惡意，純粹就事論事。其他人也有相同看法，只是出發點不太一樣。

鋼琴調音師的頭髮白了，一隻膝蓋的關節炎隨著每年潮濕的冬季愈發嚴重。他過去的玉樹臨風已不再，視力也比當年娶紫羅蘭時更差——娶她那天是一九五一年六月七日，一個星期四。如今，他生活周遭的影像較之一九五一那年，又更加散漫無形了。

「我願意。」他在聖柯爾門的小教堂裡應聲說著，他站的位置幾乎跟之前那個下午站的位置完全相同。五十九歲的美麗也重複著她的對手之前在這聖壇上說過的字句。這段合乎情理的區隔已成為過去；教堂裡沒有人會認為對故世的紫羅蘭不夠禮遇，後事辦得不盡哀榮。「……我願赤誠奉獻，共此一生。」鋼琴調音師正在說著誓詞，此時此刻他的新任妻子心裡想的是，真希望自己是穿著白紗禮服站在他身旁，而不是這一身得體的酒紅色。他第一次的婚禮她沒有參加，雖然收到了請帖。那天她粉刷雞舍，讓自己忙個不停，即便這樣她還是哭了。不管哭或不哭，她都漂亮——而且起碼年輕五歲——比起那個奪她所愛，令她妒忌透頂的新娘子。但他寧可要紫羅蘭——或者他想到日後可以把房子轉到她的名下，美麗在雞舍裡酸苦地想著，另外還有那一點點錢，這是一個盲人所牽掛的大事。這就是了，之後每當她看見紫羅蘭牽著他一起散步，想到紫羅蘭為他做的一切，讓他活得好好的時候，她總是這麼想著。其實，這一切她也都能做到。

大家在巴哈的樂聲中走出教堂，今天彈奏風琴的是別人，平常這應該是他的工作。人們三三兩兩聚在這棟灰色建築周圍的小墓園裡，鋼琴調音師的父母親就葬在這兒，包括他父親這邊的祖祖代代。對於那些願意前往兩哩路遠的新房作客的人，另外備有酒水飲料招待，不過不少人道賀之後就告辭了。鋼琴調音師握著一隻隻他所熟悉的手，用心靈的眼睛看著一張張第一任妻子向他描述過的臉孔。那是一九五一年的盛夏，太陽熱呼呼地照著他的額頭和臉頰，更透過厚重的結婚禮服照著他的身子。這塊他認識了一輩子的墓地，記得小時候第一次摸著石頭上的字母，把父親家族裡每個人的名字拼給母親聽。他和紫羅蘭很喜歡小孩，可是他們沒有孩子。他就是她的孩子，人家都這麼說，美麗每次聽見這話就有氣。換成是她，她一定會給他生好幾個孩子，她絕對有把握。

「我下個月該去看你了。」老新郎提醒一位跟他握著手的女人，她擁有一架史坦威鋼琴，這也是他調音生涯中見過唯一的一架。她琴彈得極好。他說他隨時願意為她調音，只要能聽她彈琴就抵得過給他的報酬。但她總是堅持該給的費用就要給。

「應該是三號星期一。」

「沒錯。茱莉亞。」

她稱呼他莊古德先生：他有一種不讓人過分親近的特質。人們在談起他的時候總是稱他鋼琴調音師，這個職稱反映出對於一位教授的尊敬。他的全名是歐文．法蘭西斯．莊古德。

「啊，今天真是好日子。」新來的年輕神父說。「他們說今天可能會有陣雨，顯然錯了。」

「天空——？」

「啊，萬里無雲，莊古德先生，萬里無雲。」

「噢，太好了。那你肯大駕光臨吧？」

「他當然會來。」美麗說著，急匆匆地走向聚在墓地裡的人群，再次向他們提出邀請，她決心要辦這場派對。

過了一陣子，當新婚生活慢慢變成常態之後，大家不知道鋼琴調音師是否會開始考慮退休。膝蓋不好，視力又愈來愈退化，他應該早有心理準備，該離開他表現琴藝的那些場所了，那些家庭、教會、學校禮堂。休閒才是他應當享受的權利，是他的好友，在歲月不知不覺溜走之際。但是，偶然間，人們因為多嘴或好事提起這個話題時，他一概否認，說他從沒轉過這個念頭，說他只有在死亡上門的時候才會考慮這回事。真相是，如果沒了工作，沒了四處奔走，沒了每隔六個月左右就在某一個他長久服務的小鎮上出現，他就會茫然不知所措。不，不行，他承諾過的，他們仍會看見白色佛賀轎車轉進某扇農莊的大門，在某個教會的院子裡停留半小時，或是靠在某個路邊，吃著他的午餐三明治，喝著太太從保溫瓶倒出來的茶水。

這些活動大部分都是紫羅蘭安排的。兩人結婚時，他仍和他母親一起住在巴納戈爾姆大宅一旁的門房。那時候他已經開始調音的工作——大宅有兩架鋼琴，另外在巴納戈爾姆城裡有一架，還有一架在一戶農莊，他得走上四哩路。那段日子他是個接受施捨的人，因為眼盲，他經常被請去修理椅凳上的草蓆墊子，這是他學習來的一項技能，或是到某個活動場合拉拉小提琴，琴是小時候母親買給他的。紫羅蘭嫁過來以後改變了他的生活。她搬進門房，她和他母親不和，經常鬧意見，但儘管如此，還是生活在一起。她有一輛車，這表示只要她發現哪裡有一架鋼琴——多半是已經很久沒人照管的——可以立刻開車載他過去。即使遠在四十哩地外也沒問題。她負責所有的支出、加油錢、磨損修護等等的費用。她幹練有效率，隨身帶著地址簿，在日記本裡註記下一次調音的時間。她把賺來的錢一筆筆入帳，發現眼前進帳最多的還是拉小提琴：在放送西部鄉村音樂會的夜晚，在那些孤寂的小酒吧裡，或是在路邊搭起舞台的夏日舞會上——在一九五一年代，這門生意還沒完全絕跡。歐文．莊古德喜歡拉小提琴，哪裡都願意去，不管有沒有錢可賺。但紫羅蘭熱中的是賺錢。

這第一段婚姻就在這樣馬不停蹄的忙碌中過著，等紫羅蘭終於繼承了她父親的房子，她便攜著丈夫住了進去。之前這兒是一座好好的農莊，可惜因為世代酗酒，把大好的農地全喝掉了，好在這個惡習從未沾染到紫羅蘭身上。

「哎，告訴我那兒是什麼？」剛剛住進來的那些年她丈夫經常這麼問她，紫羅蘭就把這屋子的狀況說給他聽，她說這棟屋子處在群山邊緣，很偏僻，那些大山在某種光線下看起來是藍色的，他們的屋子就在一條巷子的轉彎角稍微靠後一點的地方。她描述著各個房間裡的細節，還有木製的百葉窗簾，他聽得見她開合窗簾的聲音，當東邊的風吹進了那曾經叫做客廳的房間，吹花了房裡的爐火時。她向他描述鋪在樓梯上的地毯圖案，廚房碗櫃上精美的瓷手把，和從來不打開的前門。他好愛聽這些。他母親就沒有這分耐心，她從來不理會他的苦楚。他的父親是巴納戈爾姆大宅的馬夫，後來摔死了，他對父親完全陌生。「精瘦，就像一隻格力獵犬。」紫羅蘭對著他父親留下來的一張照片如此形容。

她把巴納戈爾姆大宅大又冷的門廳形容得活靈活現。「我們從這裡走到樓梯的路上有一張桌子，上面擺著一隻孔雀。很大一隻銀色的鳥，展開的翅膀上鑲著小片小片的彩色玻璃，代表華麗的羽毛。都是綠色和藍色的。」他問起顏色時她說，沒錯，她確定那只是玻璃，不是真正的珠寶，那是某次他在客廳努力整治那架大鋼琴的時候，別人告訴她的。樓梯是弧形的，這個他知道，他經常得上上下下去修理育嬰室裡的查普爾鋼琴。第一層樓梯間黑得就像隧道，紫羅蘭說，有兩張沙發，兩頭各擺一張，一排排面無笑容的肖像掛在牆上，大半都是暗濛濛的。

「我們現在經過杜希修車廠了，」紫羅蘭告訴他，「費里神父正在加汽油。」杜希修車廠加的是ESSO埃索牌汽油，他知道這字怎麼寫，因為他問過人，也聽說過。字是由兩種不同的顏色合成的；設計的圖形也跟他想像中的做過比較。藉著紫羅蘭的眼睛，他看見了奧格西爾郊外，麥寇迪家蕭瑟的門面。他看見基利亞茲文具行老闆沒有血色的臉孔。看見母親安詳地閉上了眼睛，兩手交叉在胸前。他看見山，有些時候是藍色的，其他時候是帶著霧氣的灰。「報春花並不鮮豔，」紫羅蘭說，「比較像是乾稻草或鄉村的黃牛油，中間有一點點的彩色。」他點著頭，他聽得懂。像輕煙一般淡淡的藍色，她這樣形容遠山；中間的那一塊說不上是紅色，倒像是橘色。對於煙氣他只能憑她的形容去意會，可是他會分辨聲音。他知道紅色是什麼樣子，他堅持，聽音能夠辨色；橘子色則用嚐的就知道。他看得見埃索加油站標誌裡的紅色，和報春花裡的橘色斑點。「稻草」和「鄉村黃牛油」對他來說一點就通，而紫羅蘭只要說到威登先生，他就知道滿臉坑疤。只要說是某個女教會長，意思就是嚴厲；安娜．克雷吉的眼睛代表夢幻；鋸木工廠的湯瑪斯就是鋼鐵。巴特．康隆的額頭就像梅瑞克家的黃金獵犬，因為每次去梅家幫那架布羅德伍德鋼琴調音的時候，他都會摸摸牠的額頭。

在兩個女人，一個走、一個還沒來之間，鋼琴調音師全靠自己硬撐著，那些鋼琴的主人會好心接送，幫忙採買和做家事。他覺得自己變成了一個大麻煩，他知道紫羅蘭不喜歡也不希望他這樣。她更不希望她這一走，就此了結了辛苦為他打造起來的這番事業。她一直為他能在聖柯爾門教堂彈奏風琴感到驕傲。「這件事千萬要做下去。」在氣息奄奄的時刻她說過，所以後來他都一個人去教堂。約在兩年後的一個星期天，他跟美麗開始再續情緣。

自從當年遭到拒絕，美麗始終不能卸下嫉恨的心結，恨是因為她有的美貌紫羅蘭並沒有，苦是因為他的眼盲對她來說也是一種懲罰。永遠生活在什麼也看不見的黑暗中，還有什麼比懲罰更好的說法嗎？把她的美貌丟給黑暗，這不叫懲罰又叫什麼呢？其實根本無罪可罰，他們本來就該是珠聯璧合的一對，她和歐文．莊古德。這其實應該算是一種恩典，她的美貌獻給了一個不知道有這分美貌存在的男人。

就因為放不開她的失意，美麗始終沒有結婚。起初在自家的店裡幫忙父親，之後幫忙哥哥開列送修的鐘錶單據，記錄運動獎盃上的刻字。她在櫃檯後面工作，聖誕節是她最忙的時期，玻璃器皿、晴雨計是最受歡迎的結婚禮物，打火機和廉價的珠寶則比較平常，不受節慶限制。多半，鐘錶只需要換一個電池，所以禮物這邊的工作就擴增了。歲月流轉，小鎮上卻始終沒有哪個男人能比得上那個從她身邊被人搶走的男人。

美麗就在小店的樓上出生，等到屋子和店鋪都變成了哥哥的，她繼續住這。她哥哥的孩子出世之後，仍舊有她住的空間，她在店裡的位置屹立不搖。屋子後面養了些雞，這些雞一直由她負責，從她十歲生日那天起：這件事也同樣繼續著。失望久了，這分失望變成她身上的一部分，連帶也影響到姪女和姪子對她的看法。有人發現，她憂鬱的眼神反倒令她的美貌更多了一種特別的氣質。當她和曾拒絕過她的那個男人續起了舊情，她的哥哥嫂嫂都認為她太糊塗，但沒說出口，他們只笑著問她是不是要連那些雞一起帶走。

那個星期天，其他的教友都已經走了，他們倆站在墓園裡說話。「來，我帶妳看這些墳墓。」他說。他帶路，非常清楚該走哪個方向，踏上草地，他用手指觸著第一座墓碑。他的祖母，他說，是父親這邊的，這一刻連美麗都想用手指代替眼睛去感覺那墓碑上銘刻的字母了。他們走在墓園裡，兩個人都心裡有數，那些先行回家的教友們早把這兩人殿後的心思看在眼裡。自從紫羅蘭死後，每個星期天，他總是走路出門再走路回家，除非下雨，碰上這種時候，開車送波爾提太太去教堂的那個人就會順便接送他回家。「妳願意散散步嗎，美麗？」帶著她看完他的家墳，他問。她說願意。

美麗並沒有把雞帶走，在她成為人妻之後。她說她不想再養雞了。後來她對這事很後悔，因為每次她不管在這屋子裡做什麼，感覺都有紫羅蘭的影子。在切肉準備燉煮時，她站在那裡，陽光就落在紫羅蘭曾經用過的砧板上、刀子上，她覺得自己永遠是個**隨從**。她切紅蘿蔔，心裡想著紫羅蘭也切過。她買了一些新的木頭湯匙，因為紫羅蘭的那些已經起皺，不光滑了。她油漆樓梯的扶手。她油漆從來沒打開過的前門，只漆門裡的那一面。她把樓上櫃子裡找出來的，堆了好些年的女性雜誌全部處理掉。她扔掉一只炒菜鍋，因為她覺得很不衛生。她把廚房鋪上新的塑膠地板。不過她保留了後院的花床，還除了雜草，怕萬一有人來家裡說她讓這兒荒蕪了。

她永遠陷在這二分法裡面：什麼該留，什麼該變。她照顧花床是不是表示對紫羅蘭的臣服？扔掉炒菜鍋和三支木杓，是不是向自己的小氣臣服？不管做什麼，美麗都會起這樣的懷疑。紫羅蘭矮胖的身形，到後來的頭髮灰白，眼睛在腫脹的臉上變得愈來愈小的模樣，一直如影隨形。那一個她們共有的，在某個房間裡輕柔拉著小提琴，什麼也看不見的丈夫，並不知道他前任妻子的裝扮有多糟，他不知道她變得有多胖多邋遢，他不知道她做的飯菜有多不衛生。現在活著的人是美麗，得寵的人是她，是她接收了另外那個女人的所有，是她占了她的臥房，開她的車子，應該足夠了。看似一切都有了，但隨著時光，這一切對美麗來說似乎什麼也不是。經過這一段將近四十年的婚姻，他已經定了型，已經養成了習慣：改不掉了。

結婚一年後，有一回美麗把車停在一片田地的入口處，夫婦倆就在車上吃午餐，他說：

「說真的，妳會不會覺得這樣太過分了？」

「太過分，歐文？」

「開著車滿鄉下地跑，接送我。還得一直坐在那裡聽著。」

「這不過分啊，歐文。」

「妳真好，好有耐性。」

「我一點也不覺得我哪裡好。」

「那個星期天，我知道妳在教堂裡。我聞得到妳擦的香水。就算在彈風琴我也聞得到。」

「我永遠忘不了那個星期天。」

「妳讓我帶妳去看墓碑的時候，我就愛上妳了。」

「在那之前我就愛上你了。」

「我不要妳累著，為了這些鋼琴的事東奔西跑。我可以不做的，妳知道。」

他竟願意為她這麼做，她想著。對一個女人來說，他實在沒什麼條件，有次他以一個來日無多的瞎子的身分這麼說。他承認當初想娶她的時候，忍了兩個多月沒敢說，因為他比她更清楚，如果她答應了，日後她將付出多少代價。「美麗最近看起來如何？」幾年前他曾問過紫羅蘭，紫羅蘭起初並沒有回答。之後她坦白地說：「美麗看起來還像個小姑娘似的。」

「我不要你放棄原來的工作。絕對不要，歐文。」

「妳心地這麼好，親愛的。別再說自己什麼也不好了。」

「這讓我有事可做，你知道嗎？對我來說這非常重要。讓我可以去一些從來沒去過的街道和房子。從來沒到過的城鎮。從來不認識的人。這在以前都是被限制、絕不可能的。」

話溜出口了，說就說了吧，沒關係。他沒有接腔，其實他懂什麼叫被限制，只是多說無益。在教堂邊上的那個星期天以後，兩個人漸漸熱絡了，他說他常常會想到她在她哥哥小首飾店裡的樣子，包裹著客人買的東西，她也為他包裝過他買的手錶，那是他有一年為紫羅蘭買的生日禮物。他還想到每天晚上打烊時，她把鐵窗裝上，然後上樓跟她哥哥一家人坐在一起的情景。他們結婚後，她告訴他更多事情：她這大半生的日子是怎麼過的，真正屬於她的只歸她養的那些雞。「穿什麼都很好看。」在說起那個曾被他拒絕，看起來仍像小姑娘的女人時，紫羅蘭會加上這句。

他們沒有什麼蜜月，只有幾個月過後，他覺得讓她東奔西跑過意不去，才帶她去海濱度假村，他過去和紫羅蘭每週都會去那邊好多次。他們住進同一間名為無憂宮的招待所，漫步在長長的空蕩蕩的海濱，在燈籠花裡不時有雲雀飛進飛出的巷弄裡，在崖壁上。他們在麥力的小酒館喝小酒。在秋陽照射的沙丘上躺著。

「你只要想著就覺得很有趣了。」美麗笑容滿面地看著他，為他一心想要她快樂而高興著。

「我們養足精神好過冬啊，美麗。」

她知道這對他來說很不容易。他們來這裡是因為他只知道這個地方；他早就意識到他的情緒會因為這裡起怎樣的波動。她從他臉上看見那一分隱忍，是為了她。私底下，他承受著背叛的罪惡感，因為聞到海水和海藻的味道。招待所裡的聲音是過去紫羅蘭曾經聽見過的聲音。十月裡金銀花的香氣也是紫羅蘭聞過的。這句話最早也是紫羅蘭說的，在秋陽下待一個星期，能讓他們養足精神好過冬啊：他說出這句話的那一刻，心裡百轉千迴。

「我來告訴妳我們的下一步是什麼，」他說。「回家之後給妳買台電視機，美麗。」

「啊，可是你——」

「妳講給我聽就是了。」

他說這話的時候他們走在燈塔附近。他一定也答應過紫羅蘭要買電視，紫羅蘭大概說她不需要那東西。買電視太傻了，反正從來也不會開來看，很可能她這麼辯駁過。

「你對我真好。」美麗這麼說著。

「啊沒，沒有。」

離燈塔夠近了，他放聲大喊，有個男人在一扇窗口應聲。「等一下。」那人說，他開門的時候八成已猜到之前認得的那位太太過世了。「喝一杯吧？」進了燈塔，聊起前妻過世和再婚的事情，他說。斟好了威士忌，美麗覺得三個人的酒杯舉起來是為了向她致敬，雖然誰也沒說。回招待所的路上下著雨，那是假期的最後一個黃昏。

「是有冬天的味道了。」第二天她開著車，他說，雨仍沒停。「電視機。」

電視機送來的時候，就放在原先叫做客廳的小房間裡，在廚房隔壁。這裡是他們倆最常坐的地方，收音機也在這裡。電視機送來兩個禮拜後，美麗得到一隻農夫不要的小黑狗，因為這隻牧羊犬害怕羊。這狗變成她的了，之後就一直把牠當作本來就是她養的狗來看待；她餵牠，照顧牠。他們出門時也都帶著牠。她給牠起了個新的名字，美琪，很快牠就知道回應了。

即便有了狗和電視機，還有屋子裡加加減減的一些東西，即便處處都顯示她是受寵的，被愛的，是好的，但對美麗來說什麼也沒有改變。那個占據了她丈夫懷抱多年的女人，那個牽引他進出過那些人家的房間，讓那裡的鋼琴回春的女人，仍然宣示著始終存在的主權。那不像是一個永不疲憊的鬼魂，一個永不饒恕的幽靈，而像是一個部分，始終留在她深愛過的這個男人身上。

有著超乎一般人的敏感，歐文．莊古德不斷感受到他第二任妻子的不安。她知道他的感受。所以他才會說要放棄他的工作，才會帶她去紫羅蘭去過的海邊，自己承受著背叛的罪惡感，現在也才會有電視機，有小狗。他猜到她為什麼要把廚房的地板重新鋪過。令他感到驕傲的是，跟那個認識紫羅蘭的男人在一起的時候，他也向她舉杯了。令他感到驕傲的是，他也大方地跟她一起坐在招待所和麥力的小酒館裡了。

美麗讓自己記得這一切。她讓自己看見那瓶尊美醇威士忌從燈塔的櫃子裡取出來，讓自己聽見招待所裡的人聲。他明白，他竭盡所能地討好她；他的愛表現在他的每一個作為上。但是，紫羅蘭總會在每個轉彎口提醒他那裡有什麼，紫羅蘭會告訴他潮汐的起起落落。美麗發覺得太晚了。紫羅蘭就是這個盲人的眼睛。紫羅蘭根本不給她留一絲呼吸的空間。

有一天，他們離家出了一趟最遠的門，美麗之前從沒到過這裡，他說：

「妳看過這麼陰鬱的房間嗎？是不是因為那些聖像的緣故？」

美麗先把車倒退再打直，小心地從那扇有三十年歷史，寬度不大夠的門口擠出來。

「陰鬱？」她開在一條像是河床的小巷裡，盡量把穩方向盤，避開路上的那些坑坑洞洞。

「我們以前一直懷疑他們不肯用有彩色的壁紙是不是怕因此對那些圖片太不尊敬了。」

美麗不置一詞。好不容易她把車子開上了柏油路，靜靜駛過一片濕地。葛瑞納漢太太放鋼琴的小房間裡，那幾幅聖像仍舊生動清晰地存在她眼裡：聖母與聖子，聖心，拿著百合的聖凱瑟琳，聖母像，耶穌像。這些聖像都掛在清一色的褐色牆壁上；有幾尊雕像放在壁爐台和角落的架子上。葛瑞納漢太太端了茶和餅乾走進這間暗沉的小房間，掐著聲音說話，彷彿是應聖者的要求。

「什麼圖片？」美麗頭也不轉地問，儘管路面很平，交通也不擁擠，她大可以把頭轉過來。

「那些圖片還在嗎？一整個房間的聖像圖？」

「大概都拿下來了吧。」

「現在掛了什麼呢？」

美麗稍微加快了一點速度。她說一隻狐狸不曉得從哪冒出來，竄到左邊。現在還站在那兒，她說，狐狸就愛這樣。

「你要不要停下來看看牠，美麗？」

「不用，不用，現在牠跑開了。是葛瑞納漢太太的女兒在彈鋼琴嗎？」

「喔，以前是的。她已經很多年沒看見那個孩子了。我們過去常說也許是那些聖像把她逼走的。現在牆上都掛了什麼？」

「就條紋壁紙。」美麗又加了一句：「壁爐台上還有一張女兒的照片。」

過後不久，有一天，他說起米那修道院裡的一位姊妹，說她的臉頰紅得就像熟透了的蘋果，美麗說最近那位修女的臉頰像粉筆似的白，臉又垮又長。「那她是病了。」他說。

突然有了自信，也不在乎旁人怎麼想，美麗把後院花床上紫羅蘭種的植物全部連根拔除，鋪上草皮。她告訴她的丈夫杜希修車廠有了改變：由德士古替換了原來的埃索。她仔細形容德士古的標誌，一顆大紅星，和那幾個字母的排列方式。她盡量避免在杜希那兒停下來，怕萬一在聊天的時候露了餡，怕萬一杜希被問起跟埃索有什麼過節，或是出了什麼問題。「嗯，不對，我不能說它是純銀色。」美麗對著巴納戈爾姆大宅門廳裡的那隻孔雀說。「要是把它擦乾淨了，我看底下應該是黃銅色的。」樓上，樓梯間兩頭的沙發換了寬鬆的新沙發套，套子上有一叢叢五彩繽紛的菊花。「呃，不，不算瘦，我不會這麼說。」美麗拿著她丈夫的爸爸的照片說。「臉挺大的，我覺得。」有位小學老師的牙齒過去曾被形容成暴牙，現在裝上了假牙，不再是滿口大暴牙，笑容沉穩多了。歲月顯然侵蝕了麥寇迪家亮白的門面，幾乎可說是變成灰色的了。「勿忘我花朵的藍色。」美麗有一天提到那些因為天氣而呈現出色彩的遠山時，她說。「你很難把它歸類。」從此在鋼琴調音師的家裡，再也不說山脈的藍就像是淡藍的煙氣。

歐文．莊古德用手指摩娑著樹皮。他能分辨不同的葉片輪廓；他分辨得出黃荊花叢和黑莓刺叢。聽見鳥叫時知道那是鳥，聽見吠聲他知道是狗，憑著貓咪磨蹭他的腿他知道那是貓。墓碑上的字，風琴，提琴上的音栓。他看得見冬青和栒子上的紅莓果。他聞得出薰衣草和百里香。

這一切都是從他身上拿不走的。就算前一夜，廚房門把的顏色褪掉了也沒關係。就算廚房裡的瓷器忽然出現了過去他沒聽過的爆裂聲也沒關係。有關係的是，有些一碰就破的東西損壞了，像是夢。

他之前選擇的妻子穿著單調沉靜：透過她的沉默和音調的轉變——不是從形容的話語——他懂了。她的灰髮披散在肩膀上，她的背有些駝了。他走起路來得戳戳點點，他們走出去的時候是兩個老人，比他們無齡的幸福老太多。她連一隻蒼蠅都不會傷害，她絕不是一個你會去妒忌的女人，但是當然，一位新進門的妻子當然沒辦法不受到那份幸福糾纏，沒辦法不受到曾經有過的，那樣單純的幸福挑戰。他把自己給了兩個女人；他既不能把自己從前一任那裡抽離，也沒法從第二任這裡把自己撤走。

每一棟有鋼琴的屋子都出現了大矛盾。波堤老太太大的珍珠成了蛋白石，基利亞茲文具店老闆蒼白的皮膚變成了滿臉雀斑，奧格西爾上的兩排橡樹變成了山毛櫸？「當然，當然。」歐文·莊古德完全贊同，他應該這麼做，這樣才公平。美麗有這些說法不能怪她，要有傷害和破壞才能做改變。美麗最終會贏，因為生活就是如此。因為一開始紫羅蘭已經贏過了，好日子也過過了。

一段友誼

傑森和班——都是金髮，一個八歲，一個十歲——他們倆發現一整桶調和好的水泥實在太重，抬它不動，決定再倒掉一半。兩人各持桶把的一邊，現在的重量能應付了，儘管班還在抱怨。兩人拎著這桶水泥從後院穿過廚房，進入門廳，一路走到他們父親放置高爾夫球袋的角落。這個袋子很新，裡面有發球桿、推桿、整組的鐵桿，大大小小的邊袋裡有球座、高爾夫球和手套。袋子前面有一張椅子，現在他們爬上了這張椅子，手裡仍舊抖抖嗦嗦地抓著那個桶子。這件事早就演練過了；他們知道自己在做什麼。

來回五趟之後，這個高爾夫球袋一半都已經裝滿了濕濕的水泥，這椅子又放回了廚房，門廳地磚上沾著少許的水泥也已經擦乾淨。過不久，那幾個改建鍋爐房的工人從紅獅子吃完午餐回來了。

「我們什麼也不知道。」傑森叮囑弟弟，他們看著那些工人又把好多沙子和水泥灌進水泥攪拌機裡。

「什麼也不知道。」班聽話地重複一遍。

「我們去看《神槍手》吧。」

「好。」

半小時後他們的母親和她的朋友瑪琪一起回來了，是瑪琪注意到門廳裡有股異味。出於好奇，她東翻西找地四處探看，發現原因的時候她好開心，因為她認為這個**玩笑**的受害者可以因此受到一些教訓，掃掃他的威風。她把大門打開一會兒，讓新鮮水泥的氣味消散掉。那兩個男孩的母親，法蘭西絲卡，竟什麼也沒注意到。

「來啊！」法蘭西絲卡喊著，兩個孩子吱吱喳喳地進來廚房吃魚柳和豌豆，班不吃優格，因為有人告訴他那是酸掉的牛奶，傑森吃維他命C代替熱巧克力。

「你們是不是寫完功課再看電視？」法蘭西絲卡問。

「是。」班撒謊。

「我敢說一定不是。」瑪琪頭也不抬地說，她在翻著一本雜誌。法蘭西絲卡正忙著準備吃的，沒聽見。

法蘭西絲卡很高，很白，一頭直髮在陽光下亮閃閃的。瑪琪很矮小，很黑，褐色眼睛，手指纖細。兩個人認識了幾乎大半輩子。

「馬丁代爾小姐的媽媽死了，」班打破了周圍開始凝聚的沉悶，「有個男人侵犯了她。」

「天哪！」法蘭西絲卡叫起來，瑪琪闔上那本看來無趣的雜誌。

「馬丁代爾小姐看見他，」傑森說，「馬丁代爾小姐剛回到家就看見了那個人。最先她說是個黑人，後來她又說不確定。」

「你是說，馬丁代爾小姐經過那樣的事今天還去學校？」

「馬丁代爾小姐有責任心。」傑森說。

「其實她很晚才到。」班說。

「那位老太太真慘！」

馬丁代爾小姐是一個戴眼鏡的小不點，法蘭西絲卡告訴她的好友，哪能承受得住這樣的事情。班說女生全哭了，馬丁代爾小姐也哭了，她的臉皺成一團好怪哦，因為她已經哭了一整晚。

瑪琪發現傑森露出擔心的表情，好像怕他弟弟講太多。他們本來應該說被謀殺的人是馬丁代爾小姐才對；很可能他們本來是想這麼說的，只是臨時改口講成了她的母親。不過，他們絕對不能說死的是馬丁代爾小姐，因為馬丁代爾小姐早晚一定會在家長會的時候出現。

「現在鄰居們都知道了。」傑森說。

「都嚇壞了。」班強調說。

就剩她和法蘭西絲卡兩個人的時候，瑪琪點起一支菸，提議喝杯小酒。她幫她們倆斟上琴酒加仙山露，一面說她並不相信馬丁代爾小姐的媽媽真的出了這麼大的事，正洗著碗盤的法蘭西絲卡抬起頭，一臉困惑。接著，她二話不說，離開了廚房，瑪琪聽見她大聲斥責她的兩個兒子，罵他們隨便講人家死了，是殘忍又沒人性的事。電視的聲音突然停住，然後一陣奔上樓的腳步聲。瑪琪打開一包脆烤麵包片。

法蘭西絲卡和瑪琪到現在還記得她們兩歲那年在一座花園裡的情景，後來推想，那是她們第一次見面，當時法蘭西絲卡在笑，瑪琪繃著臉。到了上小學的時候，兩個人同樣都不喜歡一個講話刻薄、戴了假牙的老師，都覺得某個數學兼課男老師很帥，雖然對於他的這門課一點都不喜歡。再後來，自認過著平淡婚姻生活的法蘭西絲卡依舊是瑪琪傾吐戀情的知己。瑪琪為法蘭西絲卡的生活帶來溫和的刺激，法蘭西絲卡知道瑪琪永遠不會遭遇她害怕的寂寞，如果兩個孩子沒有出生，那種真空的感覺是必然的。她們倆幾乎天天通電話，不管是閒聊或挖掘一些新聞。她們的共同點就是這份友情：她們的品味和意見或有相同的時候，但是不多。

一小時後菲力普——傑森和班的父親——回到家，法蘭西絲卡和瑪琪已經轉移陣地到起居室了，帶著她們的琴酒、仙山露、吃剩的脆烤麵包片和酒杯。

「嗨，菲力普。」瑪琪跟他打聲招呼，看著他親吻法蘭西絲卡。他朝瑪琪點點頭。

「瑪琪要給我們做西班牙烤飯。」法蘭西絲卡說。瑪琪知道菲力普轉過頭去偷偷地嘆氣。他不喜歡吃她做的烤飯，他不喜歡她用蔬菜沙拉當配菜。他從來不說，說出來太不禮貌，不過瑪琪都知道。

「喔，好啊。」菲力普說。

他不喜歡一打開門迎面來的就是一陣煙味，也不喜歡聽到起居室裡說話的聲音。他不喜歡皺巴巴的脆麵包片鋁箔包，不喜歡擱在他寫字桌上的琴酒瓶，不喜歡沾著瑪琪口紅的菸屁股，不喜歡瑪琪脫了鞋子光腳在地板上晃蕩。只要菲力普的五官稍微有點糾結，瑪琪馬上就能看出菲力普的不滿。她知道他不會做任何表示；他不會讓這些情緒顯露在臉上的。

「他們兩個太惡毒了。」法蘭西絲卡說，她把馬丁代爾小姐母親的事一五一十地說了。

瑪琪看著他。他精瘦的臉上毫無動靜；他轉身站在落地長窗前面，連眼睛都沒有眨一下。他在《名人誌》上說他的嗜好只有**高爾夫和園藝**。

「惡毒？」終於他開口，把這兩個字重複了一遍。音調怪怪的——法蘭西絲卡沒注意——瑪琪聽得出來，他這是在質問，家裡有什麼大事值得用這種字眼。他喜歡出現在名人榜裡：那是他人生的標竿。有一天他一定會成為一位高等法院的法官，大家都這麼說。有一天他一定會贏得一個名位，法蘭西絲卡也一樣，因為她是他的妻子。

「我真的很生氣。」法蘭西絲卡說。

他完全弄不清是怎麼回事，他想不起馬丁代爾小姐是誰，法蘭西絲卡也沒說。瑪琪笑笑地看著她好朋友的先生，好像在說她懂他的困惑，好像在表示同情。他可是要到週末才會發現高爾夫球袋裡裝了水泥哪。

「你上樓去訓訓他們，」法蘭西絲卡懇求著，「告訴他們不可以隨便說人家這麼可怕的話。」

他點點頭，他側身向著她，眼睛仍舊盯著花園。

「喝一杯吧，菲力普。」瑪琪提議，通常他喝了一杯會舒坦一些，雖然也好不了太多。

「好。」菲力普說，他卻沒有給自己倒酒，反而走進了花園。

「我壞了他的情緒。」法蘭西絲卡幾乎立刻下了結論。「他進屋裡頂多才幾秒鐘，我就不停跟他嘮叨那兩個孩子的事。」

她跟著丈夫走進花園，幾分鐘之後，瑪琪在廚房把做好的烤飯盛盤，她看見他們倆走在他精心照拂的灌木叢裡，照料這些樹叢是他在法庭忙了一整個星期之後，放鬆心情的一種方式。

等他上樓去跟兩個孩子說晚安的時候，恐怕他們已經睡著了，就算沒睡也會假裝睡著；而他本來就不願意為了不明就裡的事斥責兩個孩子。當然，他頂多問他們兩句，可是就連這他也不想，因為他不想為這些家務小事操煩。沒錯，那次為了史利特太太後門掛鉤上一條頭巾不見的事，他確實問過他們兩句——簡單明瞭一針見血，就像在開庭似的。他得到的結論是：那個蠢女人八成是把頭巾掉在公車上了。他一口否定法蘭西絲卡的認定，她相信是一個小偷經過時發現後門開著，隨便看到什麼就偷了。誰都不會要那樣一塊不起眼的布，菲力普強調，絕對不是賊。他是說對了，瑪琪記得當時那兩個孩子手指上都沾了泥土，她猜想那條頭巾被他們用來包裹班的天竺鼠梅寶了，然後連同梅寶一起埋進了樹籬旁邊那個天竺鼠和沙鼠的墳地。

她邊切著生菜沙拉邊抽菸——他穿過廚房的時候一定會看見，一定會無聲地嫌棄——瑪琪不明白為什麼菲力普的出現總是令她這麼心浮氣躁。他其實很英俊帥氣，嚴格說來並不討人厭，他也不會擺出一副自大狂妄的樣子。他就是那種男人，只要不同他一路的，不對味的，甚至幫不上什麼忙的人，他都沒有好感。好幾次在他們家的聚會中，瑪琪遇見過菲力普的同事，非常明顯地，他在他們裡面相當受器重，人們對他的忠誠和尊敬都不在話下。他縝密，犀利，公平，就像一柄利刃，法庭上的對手個個怕他，在專業方面他無懈可擊：他所希冀的成功高點，絕不是變成那種臭名昭著，在這個那個法庭之間奔走，誤判情勢，跟外面真實世界脫節的老法官。另一方面，在那些太太們和相熟的女人堆裡，他卻是出了名的「討厭鬼」，是宴會席上最不受歡迎的鄰座。在這類場合，他只要把肚子裡存放的社交問答用完了就不再做任何努力，對於那些無聊的，針對他的扯淡，他完全不感興趣。對於人家為他量身打造的幽默，他總是直截了當地回以一句：「我了解。」話題就此結束。對這一切他並不會感到不自在；感到不自在的是別人，絕對不會是他。

瑪琪還在清單上細數著菲力普那些討喜和不討喜的個性，這對夫婦剛巧從廚房窗口走過，法蘭西絲卡隔窗對她的好友微笑，意思在說沒事了，原先她一直擔心自己太過冒失，不該在丈夫剛回來就嘮叨個沒完。隔一會兒瑪琪聽見起居室的落地窗關上了，菲力普的腳步聲穿過門廳，走向孩子們的臥室。

法蘭西絲卡進廚房來幫忙，開了一瓶酒。她隨便地聊著，一面把藍色花格子餐墊放在富美家的麗光板桌面上，再擺上叉子、杯子和其他的餐具。這和菲力普沒太大關係，瑪琪想著；如果他跟別的女人結婚，她肯定不會對他這麼在意。關鍵在於這個婚姻：是朋友的婚姻令她感到詫異。

瑪琪和法蘭西絲卡經常在當地一家叫做「小鱒」的餐館午餐。那是一個很優雅的場所，雖然價位不高，而且只供應魚和幾種義大利的乳酪。店內小巧明亮，總是客滿，裝潢的格調是流行的鋁框玻璃，桌椅表面都是消光的白色。牆面也是白色，地板是彩色磁磚——吧檯的外觀是一再重複的甲殼圖案。一共兩名女服務生——一個來自西西里，一個來自薩雷諾——負責外場服務。通常，法蘭西絲卡和瑪琪都是吃比目魚和沙拉，外加一瓶佳維白酒。

小鱒位在巴恩斯，離懷古骨董店不遠，那是瑪琪目前上班的地方。每天早上法蘭西絲卡在附近的小橡子幼兒園幫忙，當初傑森和班就在這裡待過。瑪琪之所以在懷古骨董店工作，她說，「目前，」她跟業主有些糾纏，這個業主，照她的說法，「厭倦婚姻。」

星期二，在菲力普發現高爾夫球袋裡有水泥之後，她們倆外出午餐，坐在小鱒三個人的桌位上，六月的天氣暖和晴朗。兩個月前，瑪琪開始在懷古骨董店上班，法蘭西絲卡很開心，這表示她們有更多見面的機會了：瑪琪住得很遠，要過河，在皮姆利科。

「他當然氣壞了。」法蘭西絲卡說著。「我要說的是，他們兩個居然說那只是開開玩笑，鬧著玩的。」

瑪琪哈哈大笑。

「我要說的是，這怎麼能夠說是開玩笑？隨便講人家馬丁代爾小姐的媽媽死了怎麼能說是開玩笑？」

「史利特太太的頭巾有沒有出現？」

「你不會認為是他們兩個偷了史利特太太的頭巾吧？」

「我認為妳有兩個非常活潑的孩子。想想看，要是他們是循規蹈矩，不敢造次的乖乖牌呢。」

「那該多好！」

法蘭西絲卡把高爾夫球袋事件之後的爭吵說了出來，她說，那可是她這段婚姻吵得最凶的一次。她理所當然地受到責難，因為很顯然當時這兩個孩子是單獨待在家裡，才會做出這樣不該做的事。菲力普一定要知道這是怎麼發生的，他用法庭上犀利的問罪方式跟她吵架。他的孩子什麼時候變成了鑰匙兒童，是什麼理由讓他們變成這樣？

「我真希望我生的是女孩。」法蘭西絲卡意氣用事地說。「現在我常常會這樣想。」她們點的比目魚上來了。「講了也沒用，」那個西西里來的服務生把菜盤放在她們倆面前時很不高興地嘟囔著，「每天我們都說桌位太多了。一遍兩遍，幾百遍都有了。每天他們都說好。第二天又是老樣子。」

「這真是，」瑪琪深表同情地對那個胖胖的西西里女孩笑笑，「可憐的法蘭西絲卡。」她用手指拎起一片生菜，對她的好友也深表同情。

然而，法蘭西絲卡仍困在那場爭吵當中，什麼也聽不見。起碼一個小時，菲力普不斷與她爭執；不，可能兩個小時都不只。真是太荒謬了，一整個上午在幼兒園裡照顧別人的孩子，一整個下午不管自己的兩個孩子。那天傑森和班提早回家，事先她接到通知，但是忘了，如果記得，她當然會待在家裡：這根本都是廢話，根本不值得聽，明知道史利特太太離開的時間是一點整，法蘭西絲卡總是在三點左右到家，絕對比兩個孩子回來的時間早，傑森和班當然不是鑰匙兒童，可她偏偏在這個日子出了差錯，她就是忘記了。她真的很難過。

「如果說我對妳有任何要求，」這是最後的一槍，「那就是好好照顧這兩個孩子，法蘭西絲卡。在這個屋子裡妳要什麼就有什麼。我不相信妳還缺什麼。」連安迪．康尼格那支錄影帶的舊帳也翻了出來，當時傑森大剌剌地一口咬定那是為了社會科學。安迪．康尼格的錄影帶本來不可能被發現的，要不是因為帶子卡在錄影機裡，一遍又一遍重複著醫生診所裡那個脫光衣服的女人。「妳甚至連一眼都沒去看過。」當時的控訴，現在又拿出來講，當然，那是事實。過去就算了，下不為例；他們會忘記的；他會帶著高爾夫球袋開車到莫特雷克坡頂，三十天沒電視，沒甜品、蛋糕、餅乾。「我希望妳說到做到，法蘭西絲卡。」爭吵慢慢平息，她吸去最後一滴淚水，什麼話也不回。

「噢，天啊！」她在小鱒裡喪氣喊道。「老天，真是罪過啊！」

為了讓好友開心起來，瑪琪堅持換個話題。她說起那天早上在古董店裡的事，一個她相熟的女人，而且是有頭有臉的人物，居然把一件皇冠商標的瓷器偷偷塞進了購物袋。她也稍微提到她跟店東的情事，進展得並不順利。真該找個時間去看看賽巴斯丁了，她懶懶地說。「該是我定下來的時候了。」她看著卡布奇諾咖啡說。

「我不確定賽巴斯丁……」法蘭西絲卡說話了，她的心思仍舊集中在那樁令人生氣的家務事上。

「我倒是常常想到賽巴斯丁。」瑪琪說。

飯後，回到古董店，在那些拋光閃亮的家具，沙發茶几，輪推式的書架，雕花椅靠和收折書桌之間十分的陰涼。一整組維多利亞早期的掛鐘——全是厭倦婚姻的那位店東的特蒐品——優雅滴答著；一尊耶穌基督騎著驢，腳下陰影起伏的畫像占據了大部分的櫥窗。一對穿著夏裝的男女在這些古玩中間說著悄悄話，這兩人瑪琪方才在小鱒看見過。一個男的帶著別人的老婆，一個太太跟著別人的老公：瑪琪一眼就看出來。「當然可以。」他們問可不可以四處看看，她嘴裡答著，心裡知道他們什麼也不會買：像這類情況的人絕少會買下任何東西。「啊，這個好漂亮！」女孩低聲說，她被一個加框的杯墊吸引住了——那上面是一八六八年在溫伯頓舉辦的射擊比賽圖，彩繪的。

「這個大概是四十五鎊。」對方問價錢，瑪琪一面答，一面跑去查看價目表。總有一天，她相信，法蘭西絲卡肯定會因為嫁錯了人付出慘痛的代價。聽到那一番高爾夫球事件的爭執，她直覺下了結論：婚姻只會從壞到更壞，先是從為了兩個小孩的胡鬧開始爭吵，到後來什麼事都能拿來爭吵。一堆小事日積月累，對彼此的尊敬蕩然無存，一度存在的情愛也連帶全部不見了。瑪琪經常聽到那些已婚男人的怨言就是明證，同時也在那些太太們那裡聽到更惡劣的說詞。不過，她必須公平公正的承認，也有不少人相處得很好，很和諧。他們少有怨言，一方面當然因為沒興趣，也或許是時候未到，等到了那天，在離婚法庭上，這和諧就改口成了乏味。

「歡迎再來。」她殷勤地向那對著夏裝的男女說。他們走了，杯墊沒買。

「謝謝。」那男的說。那女孩把頭歪了一下，意思可能也是表示感謝吧。

瑪琪在午餐時提到賽巴斯丁，倒並不是為了自己打算，而是因為賽巴斯丁是一個可以驅走法蘭西絲卡的鬱卒，讓她開心起來的人物。賽巴斯丁幽默開朗，親和力十足。自從多年前，他曾想過要娶法蘭西絲卡之後，瑪琪總是幻想著，她的好朋友當年若是嫁給了賽巴斯丁，會是怎樣的光景。

「呵囉！」她的老闆捧了一只攝政王時期的五斗櫃走進店裡，隨著他一起進來的，還有他腋下擦的香水味，和一陣淡淡的啤酒味。

「帥。」瑪琪對著五斗櫃說。

打電話給賽巴斯丁的是法蘭西絲卡。「一個很久以前的聲音。」她說。他立刻知道是誰，立刻叫出了她的名字。他很高興她來電話，他說，曾經熟悉的一切，在敘舊的過程裡又回到了從前。「瑪琪？」當法蘭西絲卡提議三個人一起午餐時，他重複問了一遍。口氣很失望，法蘭西絲卡好像並沒察覺，她一面起勁地聊著，一面想著賽巴斯丁和瑪琪兩個人如果合了拍，會是怎樣的結果，會不會也像過去的她和賽巴斯丁那樣。她知道賽巴斯丁沒有結婚。他參加了她的婚禮；她一定也會去參加他的，他們彼此的關係早已經改變了。他就像瑪琪，法蘭西絲卡想像著，賽巴斯丁這些年來一直隨興自在。她在婚禮上就猜到他們會失去聯繫，而他可能也猜到了，這正是她所希望的。從來說到做不到的賽巴斯丁，在這件事上面卻做到了。一旦結了婚，所有的過去就此絕口不提，涇渭分明。

「嗨嗨嗨。」在小餺，他輕呼著先擁抱瑪琪，再是法蘭西絲卡。他的金髮多了幾道灰色；他的膚色也稍微紅潤了些。但是那對天真無邪的眼睛裡幽默的眼神，仍是兩個女人記憶中的，他的一雙大手在桌子上看起來好溫柔。

「妳一點都沒變。」賽巴斯丁說，這句話是衝著法蘭西絲卡說的。

「天哪，我說錯話了！」一個女的在派對上驚恐地叫著，還閉了一下眼睛，抽了半口氣。

「沒關係，沒關係。」菲力普說。

「只是……」

「我們常跟賽巴斯丁見面，真的。」

他不知道自己為什麼說謊，後來發現是為了顧面子。那女人第一次提到賽巴斯丁的時候，問起他最近好不好的時候，他一直保持微笑。幾乎立刻，那女人知道自己說了不該說的話了，在發現自己的失誤時，她臉上的表情五味雜陳，努力想要找些話來把她原來說的在威格摩爾街上遇見法蘭西絲卡和賽巴斯丁，他們倆卻沒注意到她的事情矇混過去。

「非常好，」那女的語無倫次，滿臉燥熱地說，「賽巴斯丁。」

點點滴滴的往事全湧上了菲力普的心頭。「這輛計程車號是22003。」他在車上吻了法蘭西絲卡之後說。那是他們第一次的擁抱，他讀著計程車司機座椅背後那塊圓牌子上的數字，從此以後這個號碼他倆再不會忘記。法蘭西絲卡送給他的第一份禮物是一本漫談酒類的書，這本書直到今天他都不肯借給別人。

沒有誰會像法蘭西絲卡那麼誠實，那女人說溜了嘴，菲力普仔細回想：說謊在她是不可能的，甚至連隱瞞都不可能。然而現在，確實有些細微之處，在剛剛過去的那個夏天裡，突然全都變了樣。日期和事件順著次序清楚地在菲力普的腦海裡閃爍著；他善於心算，記憶力過人。一些藉口和解釋，現在想來似乎都事出有因。那張飄落到地板上的紙條好像撿得太急促了。多次的頭痛，爽約和抱歉。法蘭西絲卡是有些改變，在當時不覺得有什麼，現在想起來似乎真有些什麼了。

「是的，賽巴斯丁人非常好。」菲力普說。

「都過去了。」法蘭西絲卡在臥房裡說。「過去好幾個禮拜了，說真的。」

仍舊穿戴整齊地坐在床緣，法蘭西絲卡盯著剛剛摘下的耳環，兩粒琥珀躺在她的手掌心。她用另一隻手慢條斯理地撥弄，排列著。臥房裡燈光昏暗，只有床頭櫃上的一盞燈亮著，法蘭西絲卡人在陰影裡。

「這跟過去了沒有什麼關係，」菲力普說，「這不是重點。」

「我知道。」

「妳以前從來不撒謊。」

「是，我知道。我討厭說謊。」

即使事情確實發生了，她有時卻覺得什麼事也沒有。過去這幾個孤單寂寞的星期，感覺就像瘋了，事實就是這樣。愛情本身就是一種瘋狂，瑪琪多年前曾這麼說過，法蘭西絲卡當時不能體會：以前喜歡賽巴斯丁，後來與菲力普相愛，她都不曾有那樣的感受。然而，近來她所無法解釋的時空錯亂感覺，讓她感覺自己彷彿從體內抽離了，又回到了那屬於她的曾經。難以理解，就像突然發作的瘋狂，完全不能理解。

「這算什麼理由。」她盡力說出自己的想法後，她丈夫說。

「我也知道不對。我應該早點告訴你，我不應該沒告訴你的。」

「我甚至沒發覺我已經不被愛了。」

「你是被愛著的，菲力普。結束這份愛的是我。而且，這份愛並不重。」

沉默卡在兩個人中間了。「我愛妳。」賽巴斯丁不久前才說過，就在去年七月、八月，還有九月。她也愛著他。超過任何一個人，超過愛她的兩個孩子：這個想法其實一直存在。而現在她可以明說出來，這份愛並不重。

彷彿他已經猜到了部分，菲力普說：「跟他比起來我太呆板。我是老古板。」

「沒有。」

「我只會搞搞園藝，打打高爾夫球。在妳眼裡我就是個中年老頭。妳不想跟我一起過這種中年人的生活。」

「我從來沒想過這些。從來沒有，菲力普。」

「沒有誰會尊敬一個戴綠帽的傢伙。」

法蘭西絲卡沒答腔。她被問到要不要離婚。她搖頭。菲力普說：「夏天裡有天我回來的時候，妳和瑪琪正在談一把鑰匙，妳當時停下來說，『要不要喝一杯，親愛的？』現在我想起來了。真妙，事情就這麼兜攏了。瑪琪家的鑰匙，應該就是了。」

法蘭西絲卡站了起來。她把那對琥珀耳環放進床頭櫃的抽屜，慢慢地脫下衣物。菲力普站在門邊，他說他一直很信任她，這話他已經說過了。

「對不起我傷了你，菲力普。」太累了，她已經陷入一句老話的迷思裡，她想說賽巴斯丁就像是一個應該被驅逐的鬼魂，她遲早會把他從她身體裡趕走。但是她說出來的卻跟那沒有什麼關聯，聽不出任何重點。他們之間的問題就出在那幾個由菲力普負責帶兩個孩子的週末，因為法蘭西絲卡需要休息，她跟瑪琪去海邊，瑪琪在那裡代為照顧一間屋子，屋主出國了。晚上她幫忙瑪琪粉刷瑪琪自己的小公寓。上午她忙完小橡子幼兒園就沒事了。沒錯，那鑰匙確實是瑪琪家裡的，法蘭西絲卡說。她特地留在皮姆利科社區花園一叢繡球花旁邊的石頭底下，好大一片社區花園：這點她沒說。發現這個花園的時候她好興奮，這點她也沒說。

「我很慚愧，因為我傷害了你。」她說出來的是這句話。「我很慚愧，因為我既自私又愚蠢。」

「妳當初就該嫁給他才對。」

「我想嫁的是你，菲力普。」

法蘭西絲卡穿上睡衣，她把貼身的衣褲摺好，把褲襪掛在椅背上。她在梳妝台的鏡子前面坐了一會，擦了些臉霜，把淚水輕輕抹去。

「你有權撵我走。」她說，現在鎮定多了。「你有權要回這兩個孩子。」

「妳希望這樣？」

「不。」

他恨她，法蘭西絲卡以為，但是她也感受到這分恨意只是短暫的懲戒，時間會把它帶走的。她猜想菲力普也感受到了這件事，他怨恨這個懲戒就像流逝的時間一樣稀鬆平常，輕而易舉地就能把他現在的憤怒和激動摧毀。然而，事實就是這樣。

「完全是機緣湊巧。」法蘭西絲卡說，愈說愈糟。「我以為瑪琪和賽巴斯丁——呃，算了，沒事。」

他們又開始爭吵。原先占上風的寧靜頃刻間全部粉碎，兩個孩子醒了，聽見爭吵的聲音。陰險，偷偷摸摸，卑鄙，不可靠，可恥，齷齪——這些字眼在過去從來不會用在法蘭西絲卡身上，但是現在，全在天亮之前用上了。除此之外還加了一道配菜，瑪琪也是幫凶。她笑盈盈地縱容這一切，雖然她啥也沒做。

法蘭西絲卡回神之後開始反擊，在受到這樣排山倒海的指控後，在胡亂責難她的朋友之後。菲力普很早以前就跟這個家庭脫離了關係：諷刺的是現在因為她的不檢點竟又把他拉了回來，偶爾他會為兩個孩子煮豆子和煎培根，看看房間裡整不整齊，功課有沒有做完。至少她的說謊得到了這些好處。

不過只要一談起這些，絕對沒有寬恕。一切尚未過去。寬恕是以後的事。

法蘭西絲卡在小鱒吐了半天苦水之後暫時停下來。瑪琪皺起眉頭，她把身子向前傾，因為那天店裡特別吵。她已經不在懷古骨董店裡工作，她遇上了倫敦，跟它一拍即合。

「和我斷交？」瑪琪說。法蘭西絲卡點點頭：這是她丈夫的要求。

飯館裡擠滿了人：年輕的，有錢的，男的一堆，女的一堆，老女人跟老男人一起，老男人跟年輕女孩一起，有張桌位上坐了五個生意人。兩名服務生不停送著餐點，忙到連抱怨的時間都沒有。

「為什麼？」瑪琪說。「妳為什麼要和我斷交？」

西西里的女服務生純熟地打開佳維白酒，倒進她們的杯子裡。「請慢用。」她精神抖擻說了一句，很快又端了比目魚過來。從瑪琪連問兩個問題到現在，她們還沒說過一句話。

「他有權，是嗎？」瑪琪把檸檬汁擠在魚身和沙拉上。「懲罰的權利？」

「他認為妳背叛了他。」

「**我**背叛他？**我**嗎？」

「這是菲力普的感覺。不是啦，這不是懲罰。」法蘭西絲卡說。「菲力普不是這個意思。」

「那是什麼？」

法蘭西絲卡沒有回答，瑪琪戳著餐盤裡的魚，現在不想吃。在她的意識中升起一分模糊不清的堅持：有一些真相，之前不知道，現在仍然不知道，但是可以模糊地感受到。

「我不懂那是什麼，」瑪琪說，「你懂嗎？」

挽回尊嚴是一個受傷的丈夫應得的權益，她明白，但是這裡面並不只是尊嚴的問題。

「這是菲力普的感覺。」法蘭西絲卡又說一次。「他就是這麼想的。」

她知道，瑪琪想著：不管是什麼，法蘭西絲卡已經被菲力普專業的強勢制伏了，根本用不著提什麼尊嚴。忽然，她不想再問了，她想通了，對於妻子寬容有理，能原諒就原諒了。可是一個受了創傷的丈夫，如此傷痛，如此委屈，他又怎麼可能去原諒一個背信棄義的朋友？

「有愛就允許寬恕。」法蘭西絲卡說。她猜到了瑪琪的想法，這麼多年的知交當然會有心意相通的時候。

但是瑪琪的思緒已經往前走了。以後每次她在跟他那兩個孩子玩耍的時候，他就會想起那個夏天她扮演過的角色。她甚至可以聽見他說話的聲音，法蘭西絲卡沉默不語的樣子。她帶去他們家的每樣禮物，在他眼裡似乎都成了一個叛徒的賄賂。那一個夏天永遠都會存在，存在於讓欺騙成真的友情當中——公寓的鑰匙，海邊的屋子，從守密到揭發。婚姻所尋求的遺忘，在這份友情裡絕對沒辦法，因為那個夏天已經成為這段婚姻中的另外一部分。現在，這份友情只有被毀掉的分了，它是爭吵的主題，是嫉妒、小器、沮喪的主因——菲力普把這個當成他的一個案子，在這方面他的邏輯完美，面面俱到。於是，瑪琪似乎又清楚聽到了他的聲音。

「這不公平，法蘭西絲卡。」

「是有一點。」法蘭西絲卡停了停，再說：「我愛菲力普，妳知道的。」

「我知道。」

在擁擠的小飯館裡，她們的談話一直在胡亂兜著圈子，沉重的打擊時不時消失在那張密密實實的友情的網中，消失在那些不必回想就能記起的日子裡，那些時刻，那些場合，那分信賴，那些說不完的體己話，那些無關緊要的不相同。菲力普，這倒並非刻意，給了他妻子最要好的這位朋友一個前所未有的高度：她是備受禮遇的。這，當然，是題外話。

「她叫什麼名字來著，」瑪琪問，「那個露出牙齦的女人？」

「海耶特。海耶特小姐。」

「對，沒錯。」

記得有一回瑪琪在生氣，說法蘭西絲卡不是她的朋友，永遠都不是，當時她們六歲。還有一次她們被迫帶著哪個法國女孩去寄宿學校的後山上散步，那女孩會抽菸。瑪琪愛過一個收發文件的男孩。法蘭西絲卡的父親過世，瑪琪特別朗讀丁尼生的詩選讓她開心。她們騎單車旅行的時候錢花完了，曾經向一個不懷好意的卡車司機借過錢。很多年後，瑪琪墮胎，法蘭西絲卡在一旁守護她，照顧她。

「兩位再來一杯卡布奇諾吧？」西西里的女服務生說。她把新上的兩杯咖啡放在她們面前，因為她們習慣每次都要喝兩杯。

「多謝。」法蘭西絲卡說。

沉默著，到了最後，她們看著小飯館淨空了。兩名女服務生拉掉桌布，把座椅抬到桌子上，拿拖把拖著彩貝圖案的地磚。突然一陣莫名的孤寂感讓瑪琪打心底顫抖起來，就像接到噩耗時候的感覺。

「或許需要一點時間吧。」她開口了。話雖如此，她卻也知道這跟時間的長短沒有關係。時間會過去，法蘭西絲卡的罪惡感仍舊會存在；她永遠都會覺得她有虧欠，她應該做出犧牲。她們不會再做出任何欺騙了，法蘭西絲卡不會再犯第二次錯。她會說朋友之間偷偷摸摸的見面太荒謬，那要比情人之間的幽會更糟，是一種更齷齪的欺騙。

「都是我的錯。」法蘭西絲卡說。

是嗎？瑪琪搖搖頭，她知道並不是。是她太超過了；就因為孩子們一場淘氣的惡作劇而生氣，她太蠢了。她從來沒想要毀掉這段婚姻，她只想讓朋友放個應得的假，只為了拯救她，在那幾個炎熱的月分裡離開令她精疲力竭的孩子、令她精疲力竭的丈夫，離開史利特太太，離開小橡子幼兒園，離開她那個太過安全的避風港。但那該怪誰呢？真正的意圖到底是什麼呢？現在似乎都已不重要。

「公平，」法蘭西絲卡說，「菲力普對公平有他的看法。瑪琪，妳明白的，拜託妳說一聲吧。」

「喔，是啊，我明白。」她說得飛快，她知道她必須趕在說不出口之前馬上回答，趕在所有的慷慨大方都消失之前。她也知道有一天法蘭西絲卡會把這招認坦白地告訴她丈夫，因為法蘭西絲卡就是法蘭西絲卡，她只會說實話，她不善於欺騙。

「再見啦。」西西里的女服務生喊著。她們終於站起來要走了。

「好。」瑪琪應著，也等於替她朋友撒了個謊。在小鱒外面的人行道上，她們在十一月瑟瑟的寒風中站了一會，便朝著兩個不同的方向走去。

提摩西的生日

他們準備了跟往年一樣的菜色。夏洛蒂買了一隻小羊腿，幾朵紫花菜和幾支薄荷。全都是提摩西的最愛，每年四月二十三日這天必買。今年這一天是星期四。奧多說琴酒的風味還不夠——琴通寧，這也是提摩西喜歡的。奧多並不反對，他不反對買琴酒，因為平常家裡也喝不到這酒。

他們是一對六十多歲的老夫婦，結縭四十二年的歲月裡幾乎沒有一天分開過。奧多很高，瘦得像稻草，臉上稜角分明，頭髮稀疏的腦袋瓜上盡是老人斑。夏洛蒂很矮小，仍然很漂亮，她的灰髮往後梳攏得整齊又乾淨，她的眼睛是令人心動的藍色。提摩西是他們的獨生子。

決定生火，奧多劈開一只舊的種子盒子當火引，另外裝滿了一簍子的木頭和泥炭。烏鴉在高高的枝頭上嘰呱叫著，巢已經築好了，這鳥今年特別多；奧多注意到了，跟去年比起來。院子裡的卵石子路陣雨過後還濕漉漉的。青草，偶爾有一些豬草或是一簇羊蹄葉，夾在小路中間茂盛地綠著。待會兒，等提摩西走了，他要帶除草劑過來整頓一下。鄰接院子的幾間外屋也需要整頓一下了，木門打從底部開始爛了，白粉牆變成了灰色的，荊棘都穿透窗戶了。奧多決定今年要好好處理這些問題，可是他知道，就算有這分心意，他也不會去做。

「冷嗎？」夏洛蒂問他，在他經過廚房的時候。他說對，外面有點冷。廚房永遠不會冷，因為有爐灶。很久以前他們就打算換一個愛家牌的二手烤爐，這是夏洛蒂打聽來的，臨到最後奧多又不願意了，主要是籌不出這筆錢。

奧多在客廳裡揉了幾頁舊帳本上的紙，把火生了起來，他們家沒訂報，也很少買：有了收音機和電視，就不會跟社會脫節。那些舊帳本已經沒用了，已全是過去式，那是屬於奧多祖祖輩輩們時代的東西。為了取用方便，就收在壁爐邊上的櫃子裡，那一張張乾燥的帳頁一點就著，非常好用。**石板瓦片：二鎊十五先令**。奧多拿著一張帳頁，看著上面的斜體字。他劃了根火柴，堆上木頭和草。雨水打在長框的窗子上；一陣疾風把花園裡的什麼給吹倒了。

夏洛蒂把迷迭香塞進剖開一道口子的羊腿裡。她熟練地忙著，憑著老到的經驗，有條不紊地忙著。她打開水龍頭沖掉指尖上的油膩，把剩下的迷迭香收在一旁，即便那已經用不著了——她不喜歡隨便扔掉東西。

爐火熱得很慢，雖然時間還早，但這羊肉要烤上半個小時，還有烤馬鈴薯——這又是另一個提摩西的最愛——十一點要放進烤箱。甜點是裹著濃稠卡士達覆盆子醬和果凍的標準烘焙布丁，夏洛蒂前一晚就做好了。切薄荷葉做薄荷醬這種事，等提摩西到了由他來做，這是他小時候就會做的一件差事。那時候他還是個小胖子呢。

「我沒辦法去。」提摩西待在前不久金納利先生留給他的小公寓裡說著。

艾迪沒回應。他翻著《愛爾蘭時報》，心裡更希望能看些輕鬆的東西，例如《每日星報》或《快訊》之類的。他毫無興致地看著那些報導，入學考試要廢除了，利莫瑞克要舉行一次犬類大清理了，橫豎都是這一類的新聞。

「我開車送你去吧。」他主動提議。提摩西突然改變主意把他的計畫全打亂了，不過他沒顯露出不耐煩。原本他打算收拾行囊，盡快離開這間屋子：搭公車上國道四號，再一路搭便車走下去，一切重新開始。「開車送你過去沒問題的，」他說，「沒問題。」

這個建議不值得回應。提摩西在心裡琢磨著。甚至連感謝都沒必要。二十三歲的他已經不再肥胖，提摩西把一頭柔順的金髮紮成馬尾。他笑的時候，左頰露出一個酒窩，他把這塑造成他的一個特色。他穿戴整齊，今天早上，法蘭絨長褲，深藍運動外套，鈕釦領的藍色襯衫上繫著一條素面藍色領帶。

「快到的時候我會先下車。」艾迪說。「你進去後，我就在外面散散步。」

「我是說我沒辦法面對。」

又是一陣沉默，艾迪無聲地嘆了口氣。他知道這個例行的生日傳統，只要這個日子一接近，他們聊的就全是這個話題。那棟叫做庫拉丁的宅子他早已耳熟能詳：它離巴汀格拉斯村莊四哩路遠，有一條短短的林蔭道，入口處的大門拆掉了，綠漆的前門已經褪色，野草叢生的園子，廢置不用的溫室。提摩西的家屬——提摩西總是這麼稱呼他們——也被描述得非常真切：夏洛蒂的微笑，奧多的嚴肅，從言談舉止就能看出他們深愛著對方，也深愛著庫拉丁。奧多頭上那幾根頭髮都是夏洛蒂修剪的，提摩西說你一看就知道。撇開周圍的環境不說，你一看就知道他們並不富裕：無論穿的、戴的都十分老舊。憑著他的描述，艾迪彷彿看見了客廳兩扇窗子中間的那張桌球台，壁爐上奧多祖先的油畫像，帶有釘釦的綠色沙發，幾張從印度或埃及帶回來的小地毯。這些零星的，屬於這個家族往昔的優雅和生氣，每年都會在餐廳裡出現一次，就在四月二十三日這天，在門廳和樓梯間掛著許多肖像的牆壁上也看得見。除了奧多和夏洛蒂睡的房間，其他的臥室都有霉味，天花板上盡是一灘灘灰色水漬，灰泥塗料也已剝落。提摩西的房間，他已經十五年沒在裡面睡過，裡頭仍是他離開時的模樣，只是有個角落的壁紙裂開外翻了。廚房裡，電視和收音機都在這兒，奧多和夏洛蒂三餐都在這兒吃，除了提摩西生日這天。其實廚房很大，一般用途已很足夠：一個擠滿瓷器和雜物的碗櫃，石板地上一張刷得乾乾淨淨的長桌，圍著幾把高腳椅子。還有兩張奧多從客廳挪過來的扶手椅，一台提摩西送給母親的洗衣機，水槽兩邊各有一塊木質的瀝水板，方格子的天花板上垂掛著一些鐵鉤，門上有一排直通餐具間的彈簧鈴鐺。一個很愉悅的地方，廚房。艾迪這麼認為，但提摩西說這叫充數，誰知道他這話到底是什麼意思。

「你願不願意跑一趟，艾迪？去解釋一下，就說我不太舒服？」

艾迪猶豫著。然後說：

「金納利先生去過沒？」

「沒有，當然沒去過。這不一樣。」

聽到這個答案，艾迪走開了。金納利先生如此尊貴，怎能做這種跑腿的事。金納利先生送給提摩西的生日禮物有手鍊、鞋子和套頭毛衣。「聽著，我不要你在我身上亂花錢。」提摩西一兩天前說。其實艾迪壓根兒沒那意思，他根本連一張卡片也沒買。

他在廚房泡咖啡，碧萊牌的好咖啡，算好分量放進咖啡壺。這是提摩西之前教他的。提摩西堅持即溶咖啡會致癌。艾迪是個高大魁梧的年輕人，十九歲，一頭每天上髮膠的捲髮。他的眼睛，老是斜瞟著，給人一種鬼鬼祟祟的印象，清楚反映出他的本性，隨時提防著人，任何事都看在眼裡不放過。離開蒙特喬埃街的小公寓之後，他很想成家，找一個好女孩定下來，生孩子之類的。這個小公寓至少讓他安頓了五個月，雖然——坦白說——他並不怎麼喜歡目前的狀態。曾有一小段時間，艾迪當過水電工學徒，只是對於那個工作他也不太喜歡。

他把杯盤排在托盤上，端進客廳，托盤上還有咖啡牛奶和一碟子的小餐包。提摩西放上一張光碟片，那不是艾迪喜歡的音樂，只是他從來不說，那樂聲對他而言太氣勢磅礴了。音響是B&O牌子的，這也是金納利先生一輩子的收藏，就跟這棟公寓裡其他東西一樣。

「為什麼不行？」提摩西問，他拿起扶手椅上的遙控器把音量調低。「為什麼不行，艾迪？」

「這件事我辦不到。我可以開車送你——」

「我不去。」

提摩西把音量再調低。接過艾迪遞給他的咖啡，他那兩顆長長的虎牙又開始閃著亮光，臉頰上的酒窩也出現了。

「我只要你幫忙傳話而已。我會好好謝謝你的。」

「電話——」

「那裡沒有電話。只要說我今天不太舒服，不能去了。」

提摩西掰了半個夾著培根粒的餐包，這個他喜歡，艾迪在費茲買的，很特別的口味。他溫和地重複說著，艾迪感受到他溫和語氣裡逐漸增強的壓力。那是提摩西出的錢，他可以發號施令。好，出錢的是大爺，走著瞧吧，艾迪對自己說，在心中算計這五個月裡的得失。

因為穿堂的風，兩面都褪了色的綠門已經被封死了。如今得從屋子後面進去，穿過鋪著卵石的院子，再走到通往餐具間的門口。

「他來了。」夏洛蒂喊著。聽見車子的聲音，幾分鐘後，奧多從門廳走進廚房。餐具間的通道上有腳步聲，接著廚房門上響起遲疑的敲門聲。提摩西從不敲門的，兩人覺得有些奇怪，直到眼前出現一個陌生年輕人，就更奇怪了。

「啊！」夏洛蒂說。

「他有些不適，」年輕人說，「今天不大舒服，他要我過來跟你們說一聲。」年輕人停了停，又補充一句：「因為你們沒有電話。」

夏洛蒂臉紅了，臉頰浮現粉粉的顏色。不舒服這件事令她擔憂。

「謝謝你過來告訴我們。」奧多僵硬地說，冷淡的口氣擺明著希望這個年輕人快快消失。

「不嚴重吧？」夏洛蒂問。年輕人說他有氣無力，一個早上都待在廁所，這種情況實在不敢開車上路。他叫艾迪，是提摩西的朋友，他解釋。或者應該說，他又補充，是個傭人，就看別人怎麼看了。

奧多讓自己盡量不去注意這個年輕人。他也不希望夏洛蒂太注意，就像他一直不希望她去關注那個金納利先生一樣。「金納利先生死了。」提摩西在去年的今天說。大約就站在年輕人現在站的位置，一邊喝著他的第二杯琴通寧。「他把所有東西統統留給了我，公寓、車子、土地。」當時奧多鬆了一口氣，那老男人總算死了。可是又開始擔心起那一大堆不應得的遺贈。蒙特喬埃街上的那層公寓，是都柏林相當好的地段，房子是灰泥式的喬治亞風格，修整得非常好，因為金納利先生就是這樣一個人。那棟房子，裡面的陳設他們都聽他說過，就像庫拉丁的一切艾迪也都聽他說過。提摩西最喜歡描述事物了。

「他的肚子以前也出過問題，」夏洛蒂喚起做為母親的回憶，「我們嚇壞了。當時還以為是盲腸炎，結果不是。」

「他會好好休養，沒事的。」年輕人咕噥著，不敢正視他們兩個。不老實，奧多心想，心術不正。他穿的鞋，本來應該是白色，就是時下常見的那種運動鞋，現在卻髒得不像樣。那條黑褲鬆鬆垮垮；光著脖子，印著某種動物圖案的紅毛衣底下，看不見襯衫的影子。

「謝謝你。」奧多又再說一次。

「想喝點什麼？」夏洛蒂好心地說。「咖啡？茶？」

奧多就知道會這樣。不管什麼狀況，夏洛蒂就是忍不住她殷勤好客的表現。她不喜歡自己被說不夠殷勤。

「呃……」年輕人才要開口，夏洛蒂就趕著說：「來坐一會兒吧。」她忽然改變了主意，提議去客廳，因為浪費生好的爐火挺可惜的。

奧多不生氣。他很少會對夏洛蒂生氣。「啤酒恐怕沒了。」他們走過門廳的時候他說。咖啡和茶基本上不在選項裡，準備起來太麻煩，儘管夏洛蒂一直不肯承認這一點。客廳裡桌球台附近就豎著一瓶雪利酒，他們倆從來不碰的，另外還有提摩西喝的琴酒，和兩瓶通寧水。

「我想喝點琴酒，」年輕人說，「可以的話。」

提摩西改天還會來嗎？夏洛蒂很想知道。他還有沒有說些什麼？這是頭一次他生日沒回來。這是他們相聚的大日子，她說。

「乾杯！」年輕人大聲說。不回答這些問題，看在奧多的眼裡這根本是在裝傻。「太棒了。」他啜了一口琴酒讚嘆著。

「可憐的提摩西！」夏洛蒂坐上她習慣坐的那張椅子，就在火爐左邊。長窗透進來的光線落在她整潔的灰髮和半邊臉龐上。他們倆之中，一定有人會先走，夜裡奧多又想起這近來時常上心頭的事。他希望先走的是她；剩下的孤單和苦痛就由他來承受吧。誰先走都一樣，都得承受這些，而他希望那個人是自己。

他把身子往前挪到沙發邊緣，酒精開始發揮作用，艾迪現在覺得舒服多了。

「真過癮，」他說，「一滴琴酒。」

金納利先生過世那天，公寓裡來了很多人。提摩西一放出消息，晚上大家都來了，金納利先生仍舊癱在自己的床上。那陣子艾迪早上都會去公寓做洗碗工，打從金納利先生在奧康諾街上看中他之後。上午工作一個多小時，清洗隔夜的碗盤，按時計酬；其他沒別的事，當時他真的什麼也不知。金納利先生過世那天，提摩西親自為他刮鬍子，幫他穿上格子呢西裝。還噴了一些烏莫牌的香水，把拖鞋換成綁鞋帶的鞋。他把他妝扮得跟平常一個樣，當然眼睛是閉著的，這點誰都拿他沒辦法。「晚上可以再過來一下嗎？」他問艾迪。第一次出現這樣的徵召。「還有幾個人要來。」來的人其實不少，在臥室裡向死者行禮告別，過後提摩西放上音樂，他們就在客廳坐著。斷斷續續的交談中，艾迪得知提摩西繼承了一切，提摩西取代了死者的位置，成了新的金納利先生。「你沒想過搬來住吧，艾迪？」過了一會兒提摩西說。後來，艾迪猜想當年提摩西八成也是這樣受邀住到蒙特喬埃街來的，那時候他還在伯斯橋[1]的書報攤打工，也是他最落魄的時期。

「老實說，」艾迪在客廳說，「我從來不碰啤酒。」

提摩西的父親——瘦成那副樣子，在艾迪看來，連坐下的動作都會令他痛苦不堪——他點了點頭，動作輕微到幾乎無法察覺。那位母親則說不管什麼牌子，哪種啤酒，她都不喝。他們兩人現在滴酒不沾。

「會起泡的東西都不適合我。」艾迪坦白。一時真不知道該說什麼才好。提摩西早說過他們看見他專程跑這一趟，肯定會留他下來吃點東西，果然，在他還搞不太清楚狀況的時候，他已經變成那個過生日的孩子了。奧多，他父親的名字，提摩西也早說過，真的很特別。

「你們的家好溫馨，」艾迪說，「很棒。」

他把好奇心轉到屋子上。提摩西把休旅車鑰匙交給他之後，他大可以直接開車到戈爾偉[2]，那是他嚮往的一座城市，聽說那裡很熱鬧。結果卻聽話地一路開到了巴汀格拉斯，再從小路轉到庫拉丁。回頭再去戈爾偉吧。走八〇號國道到萊伊什港，照車上的地圖標示，然後轉上蒙特麥利克和塔拉摩爾，再到阿斯隆[3]。艾迪對這些城鎮一無所知，他只知道都柏林。

「抱歉，」他向提摩西的父親致個意，壓低聲音說，「請問廁所在？」

夏洛蒂好多年前就已接受了她兒子的生活方式。她從來不囉嗦什麼，因為那沒必要。不過，她很同情奧多，多少也感染了他失望的心情。「這是提摩西想要的生活。」有一次，她溫柔地勸說。奧多別開視線，說他無法理解。奧多就是這樣；任何事都改變不了他。他對庫拉丁已經無能為力，所以在提摩西還是小孩子的時候，他就把希望都寄託在提摩西的身上，希望他能替他扳回一城。當年這屋裡還有留宿的客人，可是愈往後這屋子裡的狀況愈差。維修開支的負擔太重，沒辦法繼續失血下去。提摩西自小就是一個游移在幻想和現實間的孩子——奧多一直以為將來庫拉丁又會人丁興旺起來，這棟屋子和花園會再度恢復昔日的榮光。提摩西甚至曾以

1 Ballsbridge，都柏林的一座橋，伯斯橋一帶是富人區。

2 Galway，愛爾蘭西部的城市。

3 Athlone，愛爾蘭香農河畔的一個城市。

他最擅長的方式為此描述過：花香處處的旅店，擺滿各種現代化廚具和機具的廚房，粉刷一新的臥室，全新的壁紙和織物。奧多還記得自己小時候，屋子裡的賓客來來去去，住宿當然都不用錢，碰上肯付錢的客人可真是很上道的了。

「你該問問他要不要留下來吃午飯。」趁著提摩西的朋友去樓下洗手間，夏洛蒂說。

「好，我知道。」

「我想幫你修一下馬桶。」艾迪建議，他解釋那間廁所的沖水力道太弱。很簡單，水管鏽蝕了。他說他曾做過一陣子水電工，對這方面略知一二。「小事一件。」他說。

被問起吃午飯的事，他表示不想給他們添麻煩。他們說不麻煩。他從桌上拿起一把刀子，帶著他的琴通寧就去樓下修廁所了。

「你真好，艾迪。」提摩西的母親謝過他。他說真的沒什麼，小事。

他用小刀調整好水箱後，回到客廳，裡面沒人。雨水打在窗子上。爐火低低的。他往杯子裡再倒了一點琴酒，這次不加通寧水了，不然又得再開一瓶。突然那老傢伙拎著一籃子木頭，不知從哪裡冒出來的，艾迪驚得跳起來。

「我盡力修好了。」艾迪說，心想著不知道他有沒有看到自己手裡拿著瓶酒，應該有吧。

「比先前好多了。」

「好。」提摩西的父親說，一面把幾根木頭堆放在火上，再加了一塊泥炭。「太感謝了。」

「好大的雨。」艾迪說。

是啊，雨真大。回完話，再度陷入沉默，一直到兩人走進餐廳。「你來坐這兒，艾迪。」提摩西的母親指點著，他遵照她的指示坐下，坐在他們倆中間。一個餐盤遞了過來，裡頭盛著幾片肉，接著是放了一些馬鈴薯和花椰菜的蔬菜盤。

「今天剛好也是星期四，提摩西出生的日子。」提摩西的母親說。「那時看他們給我的報紙，還有提到皇室和教宗會面的消息。」

一九五九年，艾迪算了算，十四年前的這一天也是他出生的日子。他本來想說，又覺得他們對這事肯定沒興趣。琴酒已經倒好了，只可惜沒把整瓶酒放在桌上。

「這肉好吃。」最後說出口的換成了這句。她說這是提摩西從小最愛吃的。老傢伙還是不吭聲。提摩西不大舒服的事老傢伙壓根兒不信，他心裡早有數了，看他的神情就知道。

「容我失陪一下。」艾迪站起來，這話是對兩人說的。他進客廳給自己添了些琴酒，苦著臉把酒一飲而盡。他再斟上一些，這次沒有一口乾掉。他在門廳拿了一件小擺飾，可能是銀製的：兩條糾纏的魚，剛才他就注意到了。他在廁所裡，刻意不關門，希望他們聽見他沖水的聲音，好讓他們以為他真的一直待在廁所裡。

「好極了。」他回到餐廳坐下來。

那位母親問起他的家人。他提到了塔拉特，她既然想聽，就沒理由不說。還提到遊民窟，真他媽的太丟人了，他說，遊民就是那樣。「原諒我說粗話。」髒話一脫口，他連忙道歉。

「再來一塊吧，艾迪？」她看向老頭，因為切肉的事一向由他負責。

「好啊，太好了。」他把盤子上的刀叉移開，等到一切歸位，場面有點冷，他說：「那馬桶唯一的解決辦法就是換個新的閥。水壓沒問題。」

「是該換了。」她說。

就在這時──又一次的沉默，而且持續好幾分鐘──艾迪知道這位母親也猜到了：她的想法立刻表現在臉上，提摩西健康得很，什麼病也沒有。艾迪看見她的視線一度橫過桌子，但是老傢伙只專注在他的食物上。往年的生日聚會上，提摩西總會談起金納利先生，談起他的「朋友圈」，朋友們拜訪公寓的情景是他描述的重點。穿過琴酒的迷霧，他有些朦朧卻又明白這些，他甚至可以聽見提摩西在同一張桌上發出高八度的聲音。不過金納利先生的事可不只這些。

「當然，不換的話還可以撐好幾年，」艾迪說，「只要水箱還能出水。」

他不斷談著那個有問題的閥，偶爾有些結巴，琴酒的力道令他口齒不清。老傢伙不時點頭，那母親卻毫無反應。她神情黯淡，完全不像前一分鐘興致勃勃寒暄說話的樣子。當年，他們倆是這樣相遇的，有天她走在庫拉丁外面的林蔭道上，正在找加油站──這也是提摩西說的──車子在一哩路外拋錨了。當時她看到的第一棟屋子就是庫拉丁，他們倆一起走回拋錨的車子，然後就相愛了。那是輛小巧的摩利斯8，提摩西說：一九五〇年分的。「百年好合啊。」那天早上他說，用他特有的沒有起伏的腔調。「一到那兒你就知道了。」

當然，要是金納利先生能來，說的絕不只這些。他們可以聽金納利對這個地方娓娓道來；他會對這裡的家具裝潢、牆上的圖畫和照片細細品評。有見地，這是他最愛用的詞句。金納利先生很有見地。搞同性關係是另外一回事。

「還有甜點呢。」艾迪聽見老太太在說，她站起來去拿甜點了。

雨從西邊打進來，現在又下得更大了。一塊路標指示著前方是阿斯隆，艾迪記得課堂上老師說過這個小城大約位在愛爾蘭的中心點。他開得很慢。萬一警車攔下他，就會發現他的血液裡的酒精已經嚴重過量；若是搜他的身，就會發現他衣服裡有偷來的贓物；萬一被問起這是誰的車，就算他照實說是別人借他開去辦事的，肯定也不會被採信。

休旅車的雨刷輕柔擺動著，擋風玻璃在雨刷的刷洗下變得很乾淨。一輛貨車經過，濺起路面的積水。收音機裡克里斯．迪博夫[4]在唱歌。

那個銀質的小東西愈早處理掉愈好，就在阿斯隆吧。到了戈爾偉，他得先找個停車場把車子停好。現在琴酒的後遺症只剩下口渴，他感到極度口乾舌燥。

他切掉克里斯．迪博夫的音樂，也不想再聽別的頻道。他想逃離的一件事，就像提摩西從那棟屋子抽身離開一般，急著想從塔拉特抽離。在傷口上撒鹽是另外一回事。十五年之後再叫

4 Chris de Burgh，愛爾蘭國寶級歌手，代表歌曲是The Lady In Red。

你說出皮肉買賣和撒謊的道理，狠毒的一擊：他們有資格這麼整他，這麼傷他嗎？應該嗎？每次只要陷入沉默，他們就拚命地埋頭吃飯，彷彿把食物留在盤子裡是一種裝腔作態似的。那老頭對水閥的事點了一兩次頭，她卻好像什麼也沒聽見，一點表示也沒有。開著車，艾迪的頭開始隱隱作痛。

「一壺茶。」他在阿斯隆點了喝的。那女人還在一旁候著，他說沒了，其他的不需要。生日禮物留在餐具櫃上，沒讓他帶走，提摩西還以為他們可能會交給他。兩個人站著，動也不動，在後門口看著他匆匆跨過後院卵石子路上的小水窪，走向車子。回頭時已不見人影。

「好極了。」艾迪說，那女的走過來，端著茶壺、杯子、碟子和一支茶匙。奶和糖已經擱在鋪著粉紅油布的桌上。「謝謝。」艾迪說。喝完茶後結了帳，他走進雨中，寒冷的空氣倒是把他的頭痛驅走了。走進第一家銀樓店，那人說他只賣不買。第二家店向艾迪問了幾句，艾迪說他從法爾莊來的——那是他途中經過的一個小村子。他母親叫他把這東西賣了，他解釋著，理由是她臥病在床，需要錢買藥。珠寶商皺起眉頭，不發一語地把擺飾還給他。一家櫥窗裡擺著飾品和舊書的店鋪願意出他一鎊，艾迪說他覺得這兩條魚絕對不止這價錢。「一鎊五十先令。」對方再開價，他接受了。

雨還在下著。繼續上路後，艾迪感覺舒坦多了，因為魚賣掉了。他很想停在貝里納斯洛再喝一壺茶，最後改變主意。到了戈爾偉，一看到停車場立刻就把車子開了進去。

他們一起收拾碗盤。奧多發現客廳裡的琴酒已經喝了一大半。夏洛蒂在水槽邊洗碗盤。這時奧多發現門廳裡的小擺飾不見了，他慢慢走回廚房揭露這個消息，這是訪客走後他們首度開口說話。

「這種事很平常的。」靜默了一會兒，夏洛蒂說。

艾迪離開戈爾偉的小酒館時，雨漸漸小了，剛剛喝了七喜解渴，還看了電視劇《格倫如》。走入市區，雨完全停了。白花花的太陽從搖擺不定的雲層裡溜了出來，照耀著愛爾廣場的門面。他坐在潮濕的座位上，想著不知能不能釣到一個小妞，可是沒半個人經過，只好走開了。他不想動腦，不想弄明白。就這樣吧。把提摩西當成一本書來看就是了，反正在心裡說大話也沒人會知道。

天氣還是不太穩定，就像艾迪的心境，持續糾結。提摩西面帶微笑地說，不過就是讓他傳個話而已。艾迪看見自己手中握著那條銀魚。她坐在餐廳裡，生氣徹底自她眼底流逝。雨水濺在後院卵石子路的水窪，他們兩人動也不動地站在後門口。

碼頭上，大西洋吹來的微風乾燥了砌在屋子上的白石，不只涼快了艾迪的臉，也清爽了每一寸肌膚。人們都出來散步了，一個牽著毛色光滑的梗犬的老人，一對講著外國話的男女。海鷗在空中叫囂，俯衝，聒噪。偷拿門廳裡的擺飾也是很自然的事情，它就擺在那裡，四下又沒人。公道地說，就當作幫他們刮除水閥鏽蝕的酬勞吧，這差事隨便就可以要他們付出十鎊。

「對生命的禮讚。」提摩西說了兩次。

「真的放晴了，」奧多在窗口說。

夏洛蒂離開爐火旁的扶手椅，站到他身邊，看著窗外濕漉漉的花園。等到滴完了最後幾滴雨水，他們一起走進庭院。

「把雀翠花都打壞了。」奧多說。

「還好啦。」

她微微一笑。人應該接受事實，不要跟自己過不去。他們是受傷了，意料之中的，受了傷也受了罰，因為他們兩個當中，有一人還在失望、抗拒著。報復的心思一旦浮現就沒有所謂公平公正了：這想法是夏洛蒂在清洗午餐用過的碗盤時出現的，奧多那時正在打掃餐廳。「對不起啊。」他說。他把沒用過的叉子湯匙拿進廚房。夏洛蒂沒轉身，只是搖了搖頭。

他們不像剛才那位訪客，他們並不困惑；他們很明白。他們的生活裡有著太多的不如意，只是盛況早已不再，這些對他們都不重要了。從前一度是很在乎的，奧多想著：夏洛蒂在多年前就知道了。是他們的恩愛撐過了所有榮枯興衰，與奮鬥掙扎；再悽苦的日子也影響不了他們。

他們巡視著花園，不提兒子的事，這院子現在對他們來說太大了，處處淪為荒蕪。他們也不提妒忌的事，因為他們的恩愛，讓他生出了妒忌心，而這妒忌竟強烈到變成偏執和冷酷。這天經歷的痛苦將難消滅，他們倆都意識到了。但是又何奈，這就是現實。

兒戲

傑若和蕾貝卡在一次痛苦的紛爭後，變成了兄妹。他們各自從不同角度見證了這場紛爭。傑若在這棟房子，蕾貝卡在另外一棟。兩年火辣的爭執吵鬧，相容，重修舊好，一再破裂又一再和解，極致的羞辱與排斥，構成了他們各自窺看到的荒謬戲碼。

這兩段糟糕透頂的婚姻裡，除了他們倆，沒有其他孩子。在最後一次充滿火藥味的爭吵結束，談到孩子的歸屬問題時，雙方意見竟出乎意料地一致。庭上認定，兩位當事人的決定要比離婚法庭的裁決更為妥善。傑若的父親，在整場事件中是無辜的一方，他同意為了方便起見，傑若應該跟他母親同住。蕾貝卡的母親，同樣是無辜的一方，聲明自己不適合繼續撫養這令她作嘔的婚姻所留下來的孩子，並且宣稱她也不可能再繼續在那棟屬於這段婚姻的房子裡住下去。她表示自己已有自殺的傾向，在那熟悉的環境裡只會使情況更加惡化；為了孩子好，她寧願承受失去孩子的痛。「她處心積慮。」另外那女人堅持這麼認為，最後發現事實並非如此，於是便成了定局。

一個暖和的星期三下午，追名[5]贏得了達比錦標賽大獎，也是在那天，傑若的母親嫁給了蕾貝卡的父親。婚禮過後，他們四人排排站，瞇著眼迎向強烈的陽光，有人在替他們拍照。兩個小孩年紀相仿，傑若十歲，蕾貝卡九歲。傑若黑髮，非常瘦，戴眼鏡。蕾貝卡留有一頭紅髮，圍著圓圓的小臉蛋。她的眼睛明亮，帶點深藍。傑若的眼睛則是褐色的，帶點嚴肅。

兩人對彼此的觀感很中立，既不喜歡也不討厭：他們對彼此都不甚熟悉。傑若在這棟原屬於蕾貝卡的屋子裡，是個侵入者，但比起母親的離去，這實在算不了什麼。

「他們會習慣的。」婚禮結束後，蕾貝卡的父親在一家小餐館裡輕輕地說。

看著安安靜靜並排坐著的兩個孩子，他的新婚妻子說希望如此。

他們確實做到了。兩個無計可施，必須和睦相處的人，成了彼此的同伴。他們懷念過去；怨憤和失去拉近了兩人的距離。他們聊著每個星期天都會去探望的那兩個人，那兩個曾經舉足輕重的人，現在不但被打敗，甚至連位置都被取代了。

屋頂上，原來的閣樓已被改造成一個低矮的房間，有落地窗，以及一路延伸彷彿沒有盡頭的拼花地板。牆上有褪了色的淺黃櫻草花圖案，灑落的陽光幾乎讓蒙上灰塵的拼花地板成了白色的。房間裡沒有任何家具。狹長而傾斜的天花板上，垂掛著兩個光禿禿的燈泡。這個無人之境是傑若和蕾貝卡玩結婚離婚遊戲的地方——這是他們的祕密遊戲，只要有人進來，兩人就立刻閉嘴，以禮貌優雅的模樣來掩飾他們的小把戲。

蕾貝卡想起母親在午餐時痛哭，她在為蕾貝卡舀豌豆時，突然崩潰了。「怎麼了？」蕾貝卡問，看見母親猛的離開餐桌。她父親沒答腔，卻也離開了餐廳，過一會就聽見爭吵的聲音。「你在逼我恨你。」蕾貝卡的母親不斷尖聲嘶吼。蕾貝卡覺得隔壁鄰居一定聽得到。「你怎能

5 Quest for Fame，一匹英國名駒。

如此對我？你在逼我恨你？」

傑若走進房間，母親正在擦臉霜。父親站在窗邊，看著窗外。他兩手背在背後，一隻手緊抓著另一隻，彷彿在竭力壓抑什麼。傑若害怕地走開了，他這短暫的出現完全沒有引起大人的注意。

「想想孩子吧。」蕾貝卡的母親轉為懇求的語氣。「為了孩子，請待在我們身邊。」

「妳這惡毒的賤人！」暴怒的氣話從傑若父親的嘴裡迸出。他的聲音古怪，雙唇無法克制地顫抖著。

這些在當時看似一了百了的場景，事後一一被這對置身事外的新夥伴審視著。少了怨懟，沒了痛楚；無情是他們的救星。靠著電視上各種資訊，一個不倫戀的世界就此在空蕩蕩的閣樓裡拼湊成形。「想想這個孩子吧！」蕾貝卡模仿著，傑若擺出他父親罵母親賤人時的嘴臉。有趣的是，這對不知檢點的男女，現在竟是那樣的一本正經。

「我真想不到怎麼會發生這樣的事。」傑若扮演的這位丈夫，說話聲音很沒說服力，不過該有的樣子還算過得去。「真想不到我當初怎會這麼蠢，娶了她。」

「可憐的女人，那不是她的錯。」

「就因為這樣才會出事。」這句話出自一部黑白老電影，經常被拿來套用，因為他們喜歡這句話的味道。

到了要上演愛情戲的時候，因為不知該如何搬演，只好輕聲咕噥地胡說一通。他們在閣樓裡胡亂走著舞步，假裝是在舞廳或夜總會，還給舞廳取名為**紅寶石**，夜總會叫做**夜光光**，這些名字都是從霓虹招牌上看到的。他們還給酒吧取名叫做**蜜蜂膝蓋**[6]，蕾貝卡說這是最適合酒吧的名字，雖然那本來是間襪子店。他們還給一家旅館取名叫做**閃亮大飯店**。

「那種爛旅館？」傑若的父親就是這副不屑的口氣。「得先在門口繳錢，做一夜情生意的那種爛旅館？」

「當然不是，」回話就是這樣，「是很大間又豪華的。」

傑若和蕾貝卡在樓下看電視劇時，戲裡的怨偶總是吵個沒完，而那些場景他們都曾親眼見過。出軌的那一對總是出現在停車場，或大清早在無人的荒地裡幽會。

「天哪！」蕾貝卡看著螢幕上的情節輕聲驚呼。「他把舌頭從她嘴裡拿出來，真的。」

「她真的在咬他的嘴唇。」

「可是他的舌頭——」

「我知道。」

「好可怕。」

「聽著，妳就當愛德溫納太太，蕾貝卡。」

他們關了電視，爬上頂樓，一路上什麼話也沒說。到了閣樓，關上房門。

6 Bee's Knees，是一種以琴酒和檸檬汁調和的雞尾酒，另也有頂尖之人或物的引申意思。

「好，」蕾貝卡說，「我是愛德溫納太太。」

傑若發出門鈴響起的聲音。

「哎呀，走開！」蕾貝卡兩眼發直盯著前方，門鈴聲又再度響起。她嘆了口氣，從地上站起來。一面嘀咕著，一面跑過去，假裝下樓。

「什麼事啊？」

「愛德溫納太太嗎？」

「是啊，我是愛德溫納太太。」

「我在書報攤的窗口看見妳登的廣告。叫什麼來著？**好消息**，是吧？」

「你究竟要做什麼？」

「上頭說妳有間雅房要出租。」

「什麼呀？我正在看《朱門恩怨》呢。」

「真抱歉，愛德溫納太太。」

「你想租房間？」

「我需要，是的。」

「那就進來吧。」

「晚上好冷啊，愛德溫納太太。」

「你不會是打算用來幽會吧？我的屋子可不許有這種骯髒事。」

「啊，真可愛的小房間！」

「如果真是用來幽會的，那一週至少要十鎊。若是叫應召女郎，那得再加十鎊。」

「我向妳保證，不會的，愛德溫納太太。」

「最近在報上看到一些很可怕的消息。選美皇后竟是應召女郎！不過前兩天的事。你打算把選美皇后帶進來嗎？」

「不，不會，絕對不會。我和一個朋友常去閃亮大飯店，不過那完全不一樣。」

「你結婚了？」

「是的。」

「我懂了。」

蕾貝卡的母親很想知道發生姦情的地方在哪裡。傑若的母親，在遭到類似的質問之後透露，幽會都在不同的地點——有一兩次是在情人的辦公室，在下班後，午餐，或是五點半的午茶時間。先是上旅館，最後是租房間。「太齷齪了！」蕾貝卡的母親哭喊到不能自已，蕾貝卡偷偷地溜走了。另外一頭，傑若卻沒走。他說接下來就是戲劇性的轉變，這個房間是重頭戲，不倫的背叛就在這裡發生。

「我受夠了這個糟糕透頂的爛窩。」蕾貝卡最擅長這種嗲聲嗲氣的腔調，像是被寵壞又愛使性子的孩子發出的怪聲音，幾年前她實地**演練**過一兩次，結果立刻遭到嚴厲喝止。

「啊，沒那麼糟啦，親愛的！」

「太噁心了。先說這髒，你看看這被單。我從沒看過這麼髒的被單。愛德溫納太太也好髒。你看看她的脖子，那女人簡直髒到極點。」

「啊，她還好啦。」

「門廳裡有一股肉味。她從來不開窗子。」

「親愛的──」

「我想好好住在一棟屋子裡。我希望我們可以各自離婚，再一起結婚。」

「我知道，我知道。可是還有孩子啊。我有很深的罪惡感。」

「我好想吐，我實在受不了了。每次走進這扇門，就是這種感覺。每次看見那些骯髒的壁紙，我就要吐出來了。」

「我們可以重新油漆。」

「我們去蜜蜂膝蓋喝雞尾酒吧。再也不要回來這裡了。」

「可是，親愛的──」

「我們的愛已經不如從前了。不像去紅寶石跳舞的那個時期。我們一年都沒去夜光光夜總會了，更別提閃亮──」

「你不是一直想要有家的感覺嗎？」

「我覺得你不愛我了。」

「我當然愛。」

「那就去告訴愛德溫納太太，跟她說我們受夠了這個可怕的房間，我們去住真正的屋子吧。」

「可是，親愛的。孩子們——」

「裝在桶子裡淹死。把他們送給愛德溫納太太當禮物。用水泥把他們封進牆壁裡。」

「我們去床上躺五分鐘——」

「我今天不想上床睡。只要有這張床單，我就不睡。」

「好吧。我們去喝氣泡酒吧。」

「氣泡酒，我喜歡。」

家裡只剩他們兩個的時候，那是最好不過了。下午一點後屋裡多半沒人，那時候清潔婦走了，傑若的母親也出門了。她最近剛接下志工的工作。他們可以在各個房間遊走，翻遍所有東西，甚至還找到許多信件，有些是傑若的母親寫給蕾貝卡父親的，有些是他寫給她的。信件都收在化妝台抽屜一個細長的硬紙盒裡，用橡皮筋紮著。外遇事件爆發過兩次。每次都說了不再來往，最後又因為其中一方不能沒有另一人而作罷。他們情不自禁，只好又見面了。

「天哪，天哪，」蕾貝卡熱情有勁地說，「太勁爆了。」

週末探訪過各自離異的父母後，傑若和蕾貝卡會在星期天晚上交換心得。傑若的父親一個人煮飯，洗衣，吸塵打掃，熨襯衫，鋪床疊被，整理花圃。蕾貝卡的母親待在一間臥室兼起居室的小套房裡，景況淒涼。她一邊吃巧克力堅果，一邊看著電視，說她犯不著為一個人做飯，那種事根本不重要。她會繼續撐下去，蕾貝卡的母親堅定地說。「妳都看到了，」她說，「妳明白我為什麼不肯照顧妳吧，親愛的？絕不是因為我不要妳。我現在只有妳了，妳就是我的全部。我是為妳而活著的，寶貝。」

蕾貝卡看得很清楚。這個小套房並不舒服。房裡有個角落擺了張沙發床，白天胡亂收拾的被褥高高低低地拱在髒汙的粉紅床單下。蕾貝卡也清楚記得屋裡的物品，雖然不清楚是不是她母親的——一些擺飾和一套茶具，兩幅中世紀人騎馬的圖畫，一盞檯燈，幾張椅子，地毯，還有一面十分突兀的鑼——全擠在那狹小的空間裡。她現在連塗口紅都不講究了。過去穿起來很漂亮的衣服，現在就像一團該扔掉的破爛。她一毛贍養費也不肯拿，自食其力是她堅持的原則。她在戲院的咖啡廳找到一份工作，她老愛說那些上門買咖啡和茶的演員們的事。這些話題聽多了很煩，蕾貝卡在星期天晚上報告心得的時候這麼說，過去她母親從不會這麼煩人的。

傑若的父親，要趕著忙完家事才有空陪傑若玩耍，這點也跟從前不一樣了。他變得更嚴肅。不再像從前，全身放鬆地癱在客廳裡，兩條腿伸得老遠，故意將誰絆倒。某次甚至有個男孩教傑若趁他父親不注意時，把他的兩條鞋帶綁在一起。他父親以前從來不在乎這種惡作劇；現在還可不可以，就不敢說了。

「她說她小產過三次，」蕾貝卡說，「我完全不知道。」

傑若不太清楚小產是什麼意思，蕾貝卡也不太清楚，她說大概是小貝比出來得太早了，就是一堆軟軟黏黏的肉。

「不知道我是不是被領養的。」傑若若有所思地說。

到了下個週末他去問父親，結果證實不是。父親說他母親最多只想要一個孩子，可是從父親的語氣，傑若認為她根本不想要孩子。「我是不小心被生出來的。」只有他和蕾貝卡兩人的時候，他說。

蕾貝卡贊成這個說法。她說她應該慶幸，自己不是一堆軟軟黏黏的肉。

「你來做警探。」她說。

傑若用指節敲敲拼花地板，蕾貝卡開門後又關上門。

「你要幹嘛？」

「我是酒店派駐的警探，女士。」

「那又怎樣？」

「我就是來告訴妳**怎樣**的。根據登記簿上的資料，我有充分理由相信妳和妳的同伴並不是真正的史密斯夫婦。」

「我們當然是史密斯夫婦。」

「我想跟史密斯先生說兩句話，夫人。」

「史密斯先生在洗手間。」

「妳真的是史密斯夫人嗎？妳確定妳和洗手間裡的那個人是夫妻？」

「千真萬確。」

「妳不是在做賣淫的行業吧？」

「什麼話！」

「那我們可能認錯人了。請接受我鄭重的道歉，夫人。最近閃亮大飯店太多這類的消息。」

「恕我直言，長官。人民是有權利受到保護的。」

「剛巧碰上皇室成員住在閃亮大飯店。我認識希臘國王的，妳知道吧。」

「真想不到啊。」

「是個非常慷慨大氣的人。啊，多謝妳了，夫人。」

「要不要喝杯雞尾酒，長官？貝貝香加冰塊，好嗎？」

「好啊。噢，還有，夫人。」

「還需要什麼嗎，長官？」

「你愛幹什麼都行，沒關係的，夫人。」

「是個弟弟，」傑若的母親對他們說。「也可能是個妹妹。」

傑若沒問這是不是又一次的不小心，因為從母親喜悅的眼神看得出來，這次不是。說不定往後還會有很多小孩子呢，家裡就他們兩個人的時候，蕾貝卡大膽推測著。她不喜歡屋子裡再有其他的孩子。「那可不是鬧著玩的。」

發生了一件事：傑若過完週末回來，說他父親屋子裡多了一個黑髮的法國女人。她穿著長襪在廚房裡轉來轉去，燒飯做菜。這人的出現讓傑若少了一分對父親的同情。他覺得父親現在沒事了，就像他的母親和蕾貝卡的父親一樣。

「很好啊。」蕾貝卡把小寶寶即將出世的事情告訴母親，她母親酸溜溜地說。「對妳和傑若都好啊。」

蕾貝卡又把那個法國女人的事說了，她母親說那也很好啊。她說來說去就只有這一句，這是後來蕾貝卡告訴傑若的。她母親只管自己的事，不斷說著大明星的事情，這些明星蕾貝卡連聽都沒聽過。還說這些廢話好有趣，這樣的說法蕾貝卡實在不敢苟同。

「我們來演她逮到他們兩個的那場戲。」蕾貝卡提議，在她跟傑若講完她母親的那些無聊廢話之後。

「好。」

傑若躺在地板上，蕾貝卡走出房間。傑若的嘴巴做出假裝親熱的樣子。他把舌頭伸了出來。

「太噁心了！」蕾貝卡再度衝進房間，大叫著。

傑若坐起來。問她怎麼會在這裡。

「清潔工讓我進來的。她說我會在辦公室的地板上找到你。」

「妳快走吧。」傑若低聲對假想的伴侶說，並站了起來。

「我早就知道了。」淚水流淌在蕾貝卡圓嘟嘟的臉頰上。她的情緒培養得很足，落淚是她的拿手絕活。

「對不起。」

「對不起？天哪！」

「我知道。」

「她忘記穿內褲了。她趕著逃出去，把內褲留在字紙簍裡了。」

「聽著——」

「她走在街上沒穿褲子。地鐵上有個男的——」

「聽著，別太過分啊。」

「為什麼？我為什麼不能說？難道我活該如此嗎？你跟一個下流的小賤人躺在地板上，還敢要求我當聖母瑪利亞？」

「我沒要求妳做任何人。」

「你要我跟她分享你，不是嗎？簡直天大的笑話！」

「聽著——」

「噢，別老要我聽著。」

這會兒蕾貝卡淚如雨下，滴到灰色毛衣上，眼睛都哭紅了。

「我得去找她了。」傑若說，假裝從地板上拿起一件衣服。

孩子出生了，是個女娃。黑髮的法國女人搬進來跟傑若的父親同居了。一個星期天的晚上，蕾貝卡說：

「她要我回去。」

那一整天她們四處尋找出租的房子。蕾貝卡的母親跟每一個帶她們看房子的人說她在戲院工作，還連名帶姓地把那些演員報出來。後來，在原來那間小套房裡，她說戲院裡的新生活對她很有幫助，讓她重新振作。她覺得自己再度充滿活力。她打算接受贍養費。現在她的看法大不同於以往：贍養費是她應得的利益。

「妳也是，寶貝。」她說。假如不順利，就由法院來處理，沒問題的。只要母親有能力、有擔當，孩子本來就該歸給母親。

「妳怎麼說？」傑若問。

「什麼也沒說。」

「沒說妳想留在這兒嗎？」

「沒。」

「妳是想留在這兒的，蕾貝卡？」

「是。」

傑若沉默。別開視線。

「我說不出口。」蕾貝卡說。

「我想也是。」

「她是我媽。」蕾貝卡說。

「是的，我知道。」

一個星期前，他們都在生氣，婚姻的不幸讓母親變糊塗了。一個星期前，傑若說他父親故態復萌了，看報紙的時候，那兩條腿又開始往外伸。但程度上跟以前比差很多。他父親看報的那種姿勢，不過是在回味過去而已。

蕾貝卡再度低頭垂淚，直到啜泣的聲音停止，這個屬於兩人的房間陷入一片沉默。傑若很想安慰她，就像某次他父親安慰母親那樣，說他原諒她，他們可以想辦法重新再來。可是他們兩個人的遊戲還沒進展到這一步。

兩人坐在原木地板上，彼此隔著一段距離，白亮的陽光漸漸褪去，淡黃色的牆壁愈發黯淡，幾近無色。他們的想法很相近，他們知道。原本蕾貝卡的屋子要歸給傑若了，那是最後裁定的結果。蕾貝卡會在每個週末過來，因為她父親在這裡，但她不會把母親那些在戲院苦中作樂的故事帶來。傑若也不會把他父親最新的親密關係說出來。原先兩人自在和諧的好交情，那些一起喝著雞尾酒，上閃亮大飯店住宿的好交情，不過是從他人遭遇中獲得的一份大禮，是可遇不可求的。無助，才是他們最初始的狀態。

一點小買賣

一個暖和的週六上午，市區空蕩無人。郊區好像還在打盹，街道呈現不合時宜的寧靜。店鋪和咖啡館出乎意料地全部打烊。屋裡就算還有人，也都坐在電視機前面，要不就在聽晶體收音機。

西摩崙街上兩個年輕人急匆匆地走著，一副趕著去辦事的模樣。他們悶著頭不發一語走到了聖史蒂芬綠地[7]。「不對，再往前，」看見同伴停下腳步的那一個說，「哈闊特街左轉。」他的同伴沒有異議。

他們倆自小就是朋友；今天來這兒是有目的的，最好不要起爭執。爭執浪費時間，會使人分心。下指令那位，年紀較大，身材較高，叫做曼根。另外那個麻子臉，面色蠟黃的年輕人，大家都管他叫傻蛋賈拉格，這是十多年前一個基督教會弟兄給他起的渾號。曼根一頭上了髮膠的短髮，說不出究竟是什麼顏色，小眼睛，有輕微斜視，鼻子又扁又大。「就這兒。」哈闊特街走到底時他又下了指令，兩人便朝著他指點的方向走去。

一隻橘貓悠閒地晃到對街；四周沒半個人。「那輛藍色福特。」曼根說。賈拉格迅雷似地拉開駕駛座車門。引擎蓋很快被掀了起來。鐵絲搞定一切；引擎輕輕鬆鬆就發動了。

拉茲加郊區的凱文狄盧路上，李文斯頓先生看著紅色直升機降落在鳳凰公園的露營區後面。稍早，教宗在機場比著祈福的姿勢，右手舉高，放下，再舉高，再放下，每個祈福的動作都伴隨著慈祥的微笑。鳳凰公園裡的群眾跪在他們的園區裡，唱著「聖潔的主啊，我們讚美祢的名」。攝影機不時拍著那些身穿黑衣的教士和修女，聚集的群眾裡大多數都是李文斯頓每日在街頭或做彌撒時見過的。大家謹守秩序，神情敬畏。四處飄揚著黃白色的梵蒂岡國旗；偶爾會有一些小小的推擠，只為了求得更好的視野。攝影機已經四次拍到有婦女昏倒的鏡頭——那是出於驚嘆，李文斯頓先生認為，並不是因為炎熱或擁擠。赫利希一家子也在公園裡，可惜距離太遠，李文斯頓先生看不見。「我會揮手。」赫利希家的雙胞胎認真地說，跟平常一樣，兩個人又是異口同聲。李文斯頓先生知道他們肯定忘了；這麼興奮的時刻，就算攝影機照過來他們都不知道。最顯眼的應該是赫利希，大個子，紅頭髮，最容易辨識。至於蒙妮卡就有可能找不到了。

穿著深藍色西裝的李文斯頓先生是個六十多歲的瘦子，頭髮剛開始有些花白。清癯的臉龐在年輕時很俊俏，現在則因皺紋變了樣，兩頰微微泛紅。他已經當了一年的鰥夫。

由樞機主教歐費亞區和大主教萊恩做前導，教宗從講台下方的聖室中走了出來。園區響起一片歡呼聲。教宗停下兩次，展開雙臂。這樣的歡呼聲李文斯頓先生這輩子真是聞所未聞。教宗走上了聖壇。

曼根和賈拉格動作很快，雖然稱不上什麼技巧。他們拉開抽屜，把抽屜裡的東西全部倒出來。他們在衣服堆裡亂翻，撬開置物櫃的鎖。珠寶首飾就不細數了，因為很難估價，連粗估都

7 St. Stephen's Green，愛爾蘭都柏林市中心一座公園。

很難。他們把所有到手的東西揣在口袋裡，包括零錢和紙鈔。一台晶體收音機就藏在賈拉格的夾克底下。

「沒別的了。」曼根說。「真是個爛地方。」

兩人離開他們闖入的這棟屋子，從廚房的一個窗口鑽出來，慢條斯理走向那輛藍色福特。曼根搖著頭，好像他們是來這戶人家辦正事，卻失望地發現沒人在家。賈拉格開車上路，起先開得很慢，開了一段路後才加快速度。「左轉。」曼根說，賈拉格遵命行事。車子又停了下來；兩人坐在位子上不動，視線盯著後照鏡。「沒問題了。」曼根說。

李文斯頓聽見了一點聲音，沒放在心上。這回他待在赫利希的家中，名義上是幫忙看家，但他相信赫利希邀他是因為知道他家裡沒電視。這純粹是他們找的一個藉口；一個表達感謝的方式，謝謝他隨傳隨到前來照顧他們的孩子——並非酬勞不高，蒙妮卡說這叫「時價」。那天早上，他起床梳洗穿衣，並沒有把赫利希說的話當真，赫利希說這種時候要是有個人來顧家就太好了，所有警衛都去了鳳凰公園。電視的聲音，赫利希意有所指地說，逼真得跟現場沒啥兩樣。

「一種新的局勢，」教宗說，「這種頗具價值和潮流的局勢，迄今對愛爾蘭社會來說，仍舊未知而陌生。」

李文斯頓先生點頭認同。蘿西一定喜歡，他想著；她就喜歡這些東西，就像皇家婚禮之類的。妻子在世時，李文斯頓先生跟大家一樣，也租過一台電視機，後來就不租了，因為他發現自己一個人根本不想看。獨自面對電視上播著那些同樣的節目，卻再也聽不到她評論的聲音，只會使他更加想念她。今天他們一定會一起觀賞這整個慶典儀式，不過，身為新教徒，他們當然不會到現場觀禮。

「生命的神聖，」教宗循循善誘，「婚姻的永固，性生活的真諦，對於物質生活上的態度。」他提倡七聖禮[8]。

掌聲如雷響起，李文斯頓先生再次點頭認同。

賈拉格想就此打住，可是曼根說再跑一家。於是兩人來到大街盡頭的這戶人家，因為注意到屋子裡沒有養狗。「那東西居然還開著。」進了廚房他們聽見電視的聲音，曼根說。「你去看看，我先上去。」

在赫利希家的主臥裡，他輕輕把抽屜卸出來，小心撬開所有的鎖。來對地方了。照目前看來，這兒是最理想的地方。

電視的聲音突然變大，曼根知道賈拉格已經打開了那個房間的門。他朝窗戶瞥一眼，以防有個萬一可以先開溜，但樓下並沒有起爭執的聲音。待會兒他們只要把車開到米爾敦，搭上出

8 Sacraments，七聖事或七聖禮：聖洗、堅振、聖體、懺悔（即告解）、傅油、聖秩、婚配。

城的頭班車，再轉搭前往布瑞[9]的巴士就成了。這樣的路程最划算，因為柯恩會開出好價錢。

「嘿！」賈拉格喚著，聲音不算大，也沒有任何驚慌的意思。曼根立刻知道有些麻煩了。他知道，憑這電視機的聲音，賈拉格開了門後沒再關起來過。有一回，夜晚在一棟屋子裡，有個年輕女孩走過樓梯間，全身上下只穿一條衛生褲。當時他和賈拉格就躲在暗處，警覺地聽著馬桶沖水的聲音。她沒發現他們。

他塞了幾條領帶進口袋，關上臥室的房門。下樓還沒瞧見賈拉格的人，就先聽到了他的聲音。

「有個老頭在裡面，」賈拉格大剌剌地說，「在看教宗。」

賈拉格一副老神在在的樣子。這點讓人不得不佩服。那時候曼根和歐西·鮑華搭檔辦事，兩人都十分緊張。手一旦發抖就沒辦法幹活，動手前他對鮑華說，可是說了也沒用。他怎麼可能不知道。

「他乖乖待著，」賈拉格壓低了聲音說，「很聽話，嘴巴閉得緊緊的。」

門口的年輕人穿著一件仿麂皮夾克、一條黑褲子。白襯衫很髒；臉頰和下巴上全是痘痘留下的坑洞。很快地，李文斯頓先生又看到了另一張面孔：大扁臉，一個寬鼻子夾在兩顆佛珠似的眼睛中間。兩個侵入者轉回門廳。兩人正說著悄悄話，李文斯頓先生聽不清他們在說什麼。電視上教宗的座車正緩緩駛過廣大的群眾，好多手伸過來觸摸車身。

「把你的人看好了。」一個聲音在下命令，李文斯頓先生知道這聲音是後來出現的那個人，因為比另外那個人的聲音來得粗啞。「去跟教宗作伴去。」

李文斯頓先生沒打算抗命。他們拿東西把他眼睛蒙住了，在腦後打個死結。那東西很粗糙，像粗呢。跟綁住他手腕的東西類似，手腕被架在兩腿上。兩個腳踝分開綁在他坐著的椅子腳上。錢包被他們從夾克內袋翻了出來。

他教赫利希一家人失望了；不管那是不是一個藉口，他都已經接下了這項簡單的小任務；這家人回來注定要失望了。一看到那個年輕人出現，搞清楚情況時，李文斯頓先生非常生氣。他很想站起來，找樣東西當武器，可是他也很快就發現這想法很蠢。他無計可施地倒在椅子上，覺得羞愧至極。

電視上的歡呼聲持續著，群眾的聲音說明了一切。「萬福馬利亞！萬福馬利亞！」人們大聲唱頌著。

「停，」曼根在車子裡說，「沿著這條路走到底後停車。」

傻蛋賈拉格照做了，他把車停在一棟蓋到一半的大樓工地上。為了盡快離開上午作案的地區，他們這次開得比預期的還要遠。「要是你敢鬼吼鬼叫，」曼根臨走時威脅李文斯頓先生

9 Bray，愛爾蘭第四大城，避暑勝地。

說，「你就倒大楣了，先生。」他拿起在臥房裡偷到的第三條領帶，繞在老人的脖子上，兩頭勒緊，看著李文斯頓先生的臉和脖子漸漸漲紅。他及時鬆手，以免出什麼差錯。

「碰上這種糟老頭，什麼事都難說。」他這才把話講明了。回過頭從後車窗往外看，兩人還是很緊張，最壞的情況莫過於被誰看見。

「把車子甩了吧？」賈拉格說。

「開到那塊工地上。」

他們把車停靠在其中一棟新房子後邊，這地方夠偏僻，他們就在這清點搜刮來的現金。「四十二鎊五十四先令，」曼根說。此外，還有各式各樣的珠寶首飾和一台晶體收音機。「這玩意兒會讓你被逮到的。」曼根提醒他，晶體收音機就被扔進了水泥攪拌機裡。

「他一定會加油添醋，」曼根下車的時候說，「還會鬼吼鬼叫。」

這點他們兩人都很清楚。儘管曼根已經把醜話說盡，儘管那老頭的臉色已經發紫，事發經過他還是記得住的。在曼根抓住他的那一瞬間，他的眼裡有怒氣，額冒青筋。

「我得回去那兒。」曼根說。

「車子太熱了。」

曼根飆髒話代替回答，而且重複好幾遍；接著兩人點上菸，情緒平靜了些。曼根率先離開車子，穿過蓋到一半的工地，朝巷子走去。五分鐘不到就走上大路，來到一間小酒吧。吧檯的牆上有台大電視，不斷播放著教宗在愛爾蘭的紀錄片。誰也沒去注意這兩個點了史密斯威克啤酒和炸薯片的年輕人。

遭搶劫的那家人回來了，開始盤點教宗親臨賜福的代價。赫利希一家回來後，發現李文斯頓先生被人用領帶綑綁著，電視還開著。儘管李文斯頓先生百般不願，他們還是請了位醫生過來。不久警察也到了。

那天下午在布瑞見過柯恩之後，曼根和賈拉格挑了兩個小妞。「哈呀，我得找個馬子樂一樂。」這話是傻蛋賈拉格在前一晚說的，這整件事情就是這麼起的頭，曼根發覺他也有這想法。「三十。」那天下午柯恩出了價，他們硬是叫他加到三十五。

喝下幾杯啤酒後，兩人感覺舒坦多了。今天這種日子，警察不會對一些雞毛蒜皮的小事感興趣，光是管那一大群人回市區就夠他們頭疼了。「哪有閒工夫管那個糟老頭？」曼根說，心情依然舒坦得很。

一間濱海大道的冰淇淋店裡，兩個女孩點了水蜜桃梅爾芭和聖代。其中一個叫卡媚兒，另外那位是瑪麗。她們聲稱自己是護士，實際上兩人都在紙廠打工。

「布瑞很清靜。」曼根說。

女孩們很贊同。她們原本打算去看教宗，結果睡過頭了。卡媚兒睜開眼時已經十二點一刻，瑪麗更糟。她不會跟你們說的，她說。

「我們看了電視，」曼根說，「妳們要看的人精神飽滿，狀況好得不得了。」

「你們是幹哪行的？」卡媚兒問。

「黑道。」曼根說。大家都笑了。

賈拉格讚賞地晃著腦袋。每回只要有女孩子問起這個，曼根總是給同樣的答案。也許你以為今天他會收斂點，並沒有，曼根就是曼根。賈拉格點起一支菸，心想著他應該趁那老頭還沒轉身時就狠狠揍他一拳，衝進房間，隨手拿起傢伙往他的後腦袋敲過去，省得麻煩。

「什麼意思啊，黑道？」瑪麗問，她還在咯咯地笑，一邊瞥著卡媚兒，一邊笑得更起勁。

「銀行，」曼根說，「就是我的買賣。」

女孩們想到了《虎豹小霸王[10]》和鴛鴦大盜[11]，又開始大笑起來。她們知道再追問下去就不好玩了。她們當這是一種挑逗，她們隨口問問，曼根也就信口回答。曼根是個逗趣的人，兩個女孩自然靠向他。

「兩位小姐對冰淇淋還滿意嗎？」他這一問，又引起一陣吱吱咯咯的笑聲。

賈拉格點了一份香蕉船。好多年前他就有這個想法，就算整個房間塞滿香蕉船，他也能全部吃個精光。當時他五歲，對於水果蛋糕也持有同樣的想法。

「今天會放電影嗎？」曼根問，女孩們說教宗來了，可能不會吧。也許會像聖誕節那樣，很難說。

「反正，」瑪麗說，「布雷的電影我們都看了。」

「待會兒我們去跳舞吧。」曼根說。他對賈拉格眨眨眼，賈拉格想著要是哪天他們發了，他就腳底抹油。郵輪，西班牙，還有那些以倫敦官腔稱呼你大爺的美眉啊。到時也不必再窮忙了。

「要不要到步道上運動一下？」曼根提議，兩個女孩又哈哈大笑。她們說沒意見。兩個人都對曼根有意思。他也有感覺，所以在海邊的步道上，他走在她們倆中間，勾著她們的手臂。賈拉格走在外側，靠卡媚兒這邊。

「空氣真好。」曼根說。他把半截手臂擠壓在瑪麗的胸脯上。就是她了，他想著。

「妳喜歡護理工作？」賈拉格問，卡媚兒說還好。海面颳起一陣疾風，打在他們臉上，吹亂了女孩們的頭髮。賈拉格彷彿看見自己躺在湛藍色的游泳池畔，抽著菸，喝著酒。酒裡有一枚櫻桃，櫻桃上還插著一支小小的雨傘。一個只穿了半件比基尼的小妞正在跟他共飲這杯酒。

「布瑞是個好地方。」曼根說。

「爛。」卡媚兒糾正他。

只要憑直覺就能把搭在你膀子上的妞兒摸得一清二楚，曼根告訴自己。這胖妞滿嘴粗話，簡直比他還不像護士。賈拉格想著，不知道她們有沒有小套房，到了**節骨眼**上，該上哪去辦事啊。

10 Butch Cassidy and the Sundance Kid，布屈卡西帝和日舞小子，美國舊西部的兩個歹徒，專門搶銀行、劫火車、偷馬匹。

11 Bonnie Parker and Clyde Barrow，邦妮和克萊德，一九三〇年代兩人在美國中部犯下多起搶案。

「我們可以去飯店的酒吧。」另外那個說話了，女孩們想找樂子時就會如此提議。

「哪家飯店？」他問。

「國際。」

「呵，聽大小姐的！」

他們掉頭沿著步道往回走，由女孩們帶路，朝著她們提議的那個酒吧走去。兩個女孩點了琴通寧。賈拉格和曼根喝史密斯威克啤酒。

「晚些我們進城裡去，」卡媚兒隨口說，「今天一定會有慶祝活動。」

「再說吧。」曼根說。

應該再出點力拽緊那條領帶才對，曼根跟自己說，究竟誰比較聰明呢？活到那把年紀，也夠了吧。綁成那副樣子，搞不好那老傢伙早就撐不住了。極有可能都已經僵硬了。

「布瑞不是有一家迪斯可嗎？」他提議。「先吃頓大餐再去跳舞，有什麼不好的？」

女孩們又被他的話逗樂了。賈拉格對於待在原地的建議很高興。真要是進城，那機會就全泡湯啦。要是到最後還進不了**馬子**住的地方，就前功盡棄啦。

「布瑞的步調會教你們受不了的。」瑪麗說。曼根想著再來兩杯琴酒，一點麥酒配上烤肉和洋芋片。他用膝蓋碰了碰瑪麗的膝蓋。她沒躲開。

「你們住公寓、套房，還是其他什麼？」賈拉格問。女孩們說都不是。住家裡，她們說。她們真的好想有自己的公寓。

幾分鐘後，對著廁所裡的小便斗，這兩個小子討論著那句話的弦外之音。當時一聽見這個消息，曼根立刻站起來。趁兩個女孩沒注意，他稍微歪一下頭。

「沒戲唱了。」賈拉格說。

「胖的那個很想。」

「去哪兒呢，老哥？」

曼根跟他的搭檔提起他們之前**辦事**的那些經驗，曾經選在停車場和一些無人大樓裡，有一回還靠在艾德菲電影院逃生口的欄杆上，完事後再溜回去。還有一次是在莊姆康德拉花園的工具屋裡。

回想起這些，賈拉格哈哈大笑，感覺樂觀多了。他眨了眨眼，這個動作表示他開始有醉意了。再朝小便斗裡吐了口口水，這又是他在某些特殊時候的慣性動作。海邊就行啊；他居然把海灘給忘了。

「太棒了。」曼根說。

這一天的經過現在回想起來也挺好的——穿梭在那些無人的街道上，闖入悄無聲息的房子裡辦事兒，看著那老頭臉和脖子上漲紅的疙瘩，電視裡的陣仗。再來兩杯琴酒，曼根又開始想著，再喝上一點麥酒。再把胖妞擺平在軟乎乎的沙灘上。

「啊，真爽。」連上幾杯小酒後，胖妞說。

賈拉格又在幻想了，一個大商人的老婆在電話裡苦苦哀求，她說如果錢不進來，歹徒就要削掉她的小指尖。錢就藏在電話亭椅座底下的一個包裹裡。西班牙的那些畫面又開始了。

「嗨。」卡媚兒說。

她搽了些口紅，不過看起來沒什麼不同。

「你們究竟幹哪行的？」她走在步道上問。

「失業中。」

「失業中還這麼闊氣。」口氣中帶有狐疑。他看著她正努力地集中焦距。隱約中，懷疑她是不是喜歡上自己了。

「有個人的車需要翻修。」他說。

在他們前頭，曼根和瑪麗笑得好大聲，笑聲迴盪在起伏的海面上。

「他是運動好手，對吧？」卡媚兒說。

「喔，對，好手。」

快要下台階走向砂石地時，曼根轉過一次身子。賈拉格羨慕他的能言善道，羨慕那胖妞咯咯的笑聲。他真希望自己也能有這麼好的口才。

「我們本來計畫要去市區的，」卡媚兒說，「今晚城裡一定很熱鬧。」

才要開始走，她說這砂石地硌得她腳痛，所以賈拉格又把她帶回步道的水泥牆邊，兩人背靠著牆坐下來。天色還沒全黑。菸盒和巧克力的包裝袋四散在砂石灘上。賈拉格一手攬著卡媚兒的肩膀。她讓他吻了她。她也不介意他讓她側轉身躺下來，不必再背靠著牆。她整個人在他懷中發軟，一時間，賈拉格甚至以為她昏了過去，沒想到她卻回以一個吻。她呢喃著，兩條胳膊拽著他往她身上趴。他發現這事兒跟能言善道根本沒關係。

「什麼時候？」瑪麗小小聲地說，一邊整理衣服。五分鐘前，曼根答應他們會再見面；他還發誓他別的什麼都不想要了。愈快愈好，他說。

「星期一晚上，」他答，「火車站外，六點。」他們就是在那裡搭上這兩個女孩的。曼根想不到其他地點，反正他壓根兒沒打算在那天赴約，連布瑞的邊都不會靠近。

「哇，你太棒了。」瑪麗說。

坐在往都柏林的巴士上，他們幾個沒怎麼說話。卡媚兒吐了好幾次，賈拉格的鼻孔裡一直存在一股餿味。到最後，瑪麗只是個嘮叨妹，不斷念叨著星期一晚上，一再叮囑曼根千萬別忘記。而他倆這會兒想著的，是那個柯恩，像往常一樣，又從他們的小買賣裡撈到一大票好處。

忽然，曼根的記憶裡又出現了李文斯頓先生清臞的面容，憤怒的眼神，緊蹙的眉頭。讓他看見他們兩個真是最大敗筆，把整件事全搞砸了。在房門口，那老頭兩眼直盯著他的一剎那，他簡直要失禁了。「我得再回那兒一趟。」過後他不斷聽見自己的心聲，但他很清楚，不管說還是不說，即使真的回去，他也不見得能做出什麼更厲害的事來。

他身旁，靠裡邊的座位上，賈拉格的腦子裡也出現類似的記憶。他望著車窗外的夏夜，心想如果當時狠K那老頭的後腦勺，可能早就解決他了。這個想法讓他剛剛跟那兩個小妞在一起的時候很得意，現在卻令他全身發抖。

「嘿嘿，她真不賴。」曼根打哈哈地說。

他藉著這分氣勢掩飾心中的渴望，他好想繼續跟那兩個小妞在一起，繼續在酒吧裡喝琴酒，說說情話。他願意把口袋裡剩下的錢全部花光，只要能夠在海灘上再嘗嘗她的嘴唇，聽聽她的嬌喘。

賈拉格想做大老闆的夢，可惜夢不到。「是啊。」他回應朋友的看法。

這天結束了；已經釀成的錯誤逃不了，也躲不掉。當時他們感受到那老頭羞愧和失去尊嚴的痛，就像動物在感到恐懼和決絕時一般。私底下，他們各自算計著，在那棟屋子裡留下的禍根到底要多久以後才會找上門。

他們在碼頭下了大巴士。城裡歡慶的人群在他們缺席的這段時間裡慢慢減少了，大街上人們依舊興高采烈地談論著教宗親臨愛爾蘭，以及陽光下的大彌撒。這兩個年輕人踏上了他們的來時路，兩人心裡都想著，不知道殺人的膽量是不是也需要練一練。

賽瑟蕾娜飯店的餐廳裡，凡是獨自用餐的人全都坐在牆角邊，這一帶的空間小，容不下兩人的桌子。餐廳四個角落裡，這些一人座位就占了三個，靠近配膳室擺放冷水壺的門口，夾在兩張家庭大餐桌中間，兩邊是高高的手推窗，一開一關會發出嘰嘰嘎嘎的聲音。餐廳很大，天花板很高，奶油色的素面牆上沒有任何裝飾。餐廳裡客人多的時候很吵，正中央的空間全給兩人座占滿了，排得很擠，摩肩接踵的。單人座跟這分擁擠離得很開，就在女服務生進出的通道邊上，看得見整個餐廳裡的動態，而且飯菜還未送到桌前就能先看到菜色——不論上來的是清湯或通心麵，是牛肉或雞肉，捲餅裡包著什麼餡。

「十號。」海莉說，她向詢問的人報上自己的房間號碼。過去十一個晚上她坐的老位子，現在被五個人占去了，這麼小的位子居然擠了五個人；她一時不知道該怎麼辦。她在門口站了一會兒，身邊不斷有人忙著上菜，女服務生們不斷從大理石餐櫃上拎起酒瓶，一會兒是赭紅色頭髮的這位，一會兒是長相冶豔的那個，一會兒又是豐滿可愛的。最後由赭紅色頭髮這位帶領海莉到配膳室門邊放置冷水壺附近的一張桌位。「要喝什麼？」她問仍處在尷尬中的海莉，儘管站在門邊的時候並沒有人朝自己盯著看，海莉還是覺得很難為情。她點了跟前幾晚一樣的酒，聖克里斯蒂娜紅酒。

她一身素淨的藍色洋裝，除了腰帶上那枚亮閃閃的藍色搭扣外，沒有其他裝飾，她的耳環毫不顯眼，不透明的白色珠子項鍊也很廉價。身材非常瘦，深色的頭髮剪得很短，那張長臉像極了莫迪里安尼[12]筆下那些有稜有角的臉孔，一個月前剛剛邁入三十歲。因為一段感情的結束，她獨自一人住在飯店。

假期取消了，多出了兩個星期的空檔。這段期間她想出走，不想待在英格蘭。「就我一個人。」她對著電話說。希望一切沒有出錯，選擇賽瑟蕾娜是因為她從小就知道這裡，因為她認為在熟悉的環境下會比較自在。

「是這個嗎？」赭紅色頭髮的女服務生把聖克里斯蒂娜紅酒送了上來。

「是的，是的。」

餐廳裡成雙成對的男女，大多是德國人，奇特的喉音不斷從鄰近的桌位傳來。都是些中年人，女的穿著比男的有型，他們享受著八月的熱力和旅遊淡季的低價：住宿加早午餐只要十一萬里拉。這熱對有些人來說吃不消，雖然晚餐時間稍微涼快了些，餐廳的窗子已經全數打開，位在山丘裡的賽瑟蕾娜算是涼快的。「只要有一點微風，」海莉的母親過去常說，「就會吹進賽瑟蕾娜。」

二十年前海莉跟著父母親第一次來這裡，當時她十歲，哥哥十二歲。在這之前她就聽說過這家飯店，赤陶土的地板每天早上趕在客人起床前就上過油了，一整天那清新的油香都留存不去，露台上的早餐有麵包捲、茶或咖啡，晚上偶爾會聽見對面山丘的農舍傳來幾聲狗吠。這裡的照片上拍的都是烈日曝曬的花園，土黃色高貴氣派的門面，還有飯店自家的葡萄園，園區一

12 Amedeo Modigliani，1884-1920，義大利畫家，雕塑家，表現主義畫派的代表之一。

路斜向兩口巨大的水井。終於她親眼目睹了，一個夏天接一個夏天，在淡季，寬敞的餐廳從門廳的石階往下走，盡頭處有三間休息室，晚餐後在這裡喝點雞尾酒或義式白蘭地，配上小杯的黑咖啡。在那間有許多書架的休息室裡，桌上擺著喬托[13]的複製畫冊，書架上那堆喬治·古查德[14]的偵探小說中間，還夾著兩本《我的兄弟喬納森》和《蝴蝶夢》。海莉初次見到這幾個房間時，只覺得裡面的客人說話都輕聲輕氣的，多半說英語，那時來這兒的多半是英國人。一直到今天，賽瑟蕾娜飯店從不接受一般的信用卡，只接受超過保證額度的歐洲通用支票。

「麵來了，女士。」一名戴眼鏡的女服務生，之前海莉看過她一兩次，把一盤扁麵放在她面前。

「謝謝。」

「請慢用，女士。」

假如戀情沒有結束——海莉一直深信愛情應該是恆久的——她現在應該會在希臘的斯基羅斯島。如果戀情沒有結束，她或許也會像雙親生下他們以前那樣，在某天來到賽瑟蕾娜，未來或許也會在這間餐廳裡，占據一整張的家庭桌。今晚有一家美國人，一家義大利人，另外在那幾個德國人邊上還有幾對男女。其中一對剛剛抵達，口音聽起來像樓上的荷蘭人。另外一對，海莉一聽就知道來自瑞士，再另一對應該也是荷蘭人。還有一對緊張兮兮的英國人，因為隔得太遠，聽不見他們的聲音。

「味道還好嗎？」赭紅色頭髮的女服務生又來問，一面拿起她的空盤子。

「很棒。謝謝。」

幾桌單身的食客裡，有個灰髮的矮胖婦人，曾在樓上跟她說過幾次話，是位美國人。一個每晚都來報到的男人，他那些俗麗的襯衫實在太招搖了；還有一個神經兮兮，不停向四周張望的男人，和一個女人——一身黑，穿著時髦——可能是法國人。四處張望的那個男人——個子矮小，五官精緻，保養得宜——老是朝著法國女人這裡瞄，偶爾也瞄向海莉。那個年長的男人身穿一套白色亞麻西裝，看上去就是已退流行的樣式，但每天用餐時間都會換上不一樣的絲質條紋領帶。

住在這兒的第一個晚上，海莉的手提包裡塞了一本《阿靈頓的小屋》，準備在餐廳裡拿出來豎在面前，誰料真正到了那一刻才發覺一切都不對。當時，她已後悔自己一時衝動單獨來到這裡，她不知道自己為何而來。旅途並沒有舒緩她的傷痛，如果非要說些什麼，那就是這趟旅程本不該如此的，這趟旅程本不該是她獨自一人的：她忘了會有這樣的可能。

她點的雞塊配菜有馬鈴薯、番茄、櫛瓜和沙拉。海莉又點了些乳酪：佩克里諾起司，和一點點藍黴乳酪。半瓶聖克里斯蒂娜紅酒留給明天，她的房間號碼潦草地寫在酒瓶標籤上。至於餐巾封套上的字可就考究了，用優雅的斜體字寫著：**十號房**。她把餐巾摺好收在一旁，一瞬

13 Giotto di Bondone，1267-1337，義大利畫家，建築師，被譽為歐洲繪畫之父。

14 George Goodchild，1888-1969，英國作家，出版過兩百多本作品。

間，她彷彿看到那個男人從另一間擠滿賓客的房間穿過來，以王者般的姿態走向她，從他的唇形能看出是在叫喊她的名字。「我愛妳，海莉。」他在滿室的嘈雜聲中在她耳邊低語。他們緊緊相擁，她閉起了雙眼。「我親愛的海莉。」他說。

在樓上那間有書櫃的休息室裡，海莉想著往後的生活不知道是不是就要這般孤獨下去。她回到這個童年來過的老地方，是否為了藉回味過往的快樂覓得一些溫暖？是否這個理由才更真實？每當一段戀情結束，她的心思就一團紊亂，實情真相總像在五里霧中；其實從來就沒有所謂實情和真相，一直都是這樣。每當一次親密關係破滅，她就覺得愛情又一次辜負了她；愛情就是有它惱人的辦法。因為少了伴，才會多出這分疑惑，直到現在她還是不明白為什麼會變這樣。這是第一次，預訂好的假期取消了，也是第一次，她獨自一人出遠門。

「對不起。」穿白色夾克的男孩在道歉，他不小心灑出酒水在一位德國女人的手臂上。那女的哈哈笑著，用英語說沒關係。「Non importa.[15]」她的丈夫看到男孩一臉茫然，便補上一句義大利文，德國女人又哈哈笑起來。

「是啊，我學法律。」說話的是一位長腿女孩。「艾洛思是設計師。」

這兩個女孩是比利時人，她們回答了兩個英國人的問題。兩個英國人很年輕，身材魁梧，穿著隨興，其中一個蓄著小鬍子。

「設計師，沒錯嗎？妳們是這麼說的嗎？」

「對，沒錯。」兩個年輕人同時點頭。其中一個建議坐到露台上去喝一杯，艾洛思和她的朋友點了櫻桃白蘭地。白夾克男孩到走廊上的餐具櫃去倒酒，濃縮咖啡機也擺在那兒。

「你們呢？」四人穿過休息室，走出法式落地窗，上了露台。

「奈威在商界；我專門追究船難事件。」傳過來的聲音帶著鄉音，語氣平緩，帶有自信。無論是英國、德國或是荷蘭人，是這些人讓賽瑟蕾娜飯店與時俱進，他們和海莉小時候遇見的人完全不同。

一個大鬍子偷偷地在畫一對沙發上的男女。那對男女在看書，毫無所覺。走廊上是一家子美國人，母親抱著小寶寶來來回回地踱著，父親在管束另外兩個孩子，一男一女。

「晚安。」有人打斷了海莉的觀察，穿亞麻西裝的男人問她身旁的椅子可有人坐。他今晚戴著秋香綠的領帶，海莉注意到他稜角分明的臉上盡是老人斑，少得不能再少的頭髮，已經看不出到底是灰還是白了。他臉上唯一醒目的特徵是那雙水藍色的眼睛。

「妳也是一個人旅行？」他說，在海莉回答旁邊的位子沒人坐之後，他直率地表明想找伴說話的意願。

「是的。」

「我總是一眼就能認出英國人。」

他的理論是，這或許跟旅人的年齡和旅遊資歷大有關係。「妳慢慢看就是了。」他補上一

15 義大利文：沒關係。

句。

作畫的那位大鬍子，他的女伴坐在沙發上，身子前傾，笑迷迷地看著眼前一切。走廊上那個美國父親在苦勸兩個孩子去睡覺；母親仍在安撫懷中的嬰兒，來來回回踱步著。在餐廳裡東張西望的那個小個子，急匆匆地穿過走廊，手裡端著兩杯咖啡。

「吃飽喝足，」海莉身邊這位男人說，「在賽瑟蕾娜這段日子。」

「是啊。」

「以前分量是很少的，這裡的食物。」

「是的，我記得。」

「我指的是，很久以前。」

「我第一次到這來的那年夏天才十歲。」

他看她的臉，估計著她的年齡。他的第一次，他說，是一九八七年的春天。從那以後他每年都來，他說，並問她是否也如此。

「我父母離異了。」

「抱歉。」

「離婚前他們常來。他們很喜歡這地方。」

「有些人很迷這裡。有些人完全不喜歡。」

「我哥哥就覺得這裡很無趣。」

「小孩子是會有這感覺。」

「我從來不會。」

「有意思，那兩個搭訕女孩的小伙子。不知道他們還有沒有力氣坐上賽瑟蕾娜的遊覽車。」

他在說。海莉沒聽進耳裡。這次的戀情，就像以往的每一次，曾有過像是驅魔的感覺，驅走父母離異為她生命帶來的極可怕又令人失望的魔。她的父母分手時並無爭吵，也不痛苦，更沒有任何戲劇化的場面。他們只是溫柔地，誰也不怪罪誰地，告訴了兩個孩子。他們倆——顯然已經持續多年——一直都有第三情。兩人都說分手是快樂的結局，這比為了家人勉強住在一起快活得多。他們用的這些字眼，海莉永生難忘。她的哥哥只是聳聳肩膀就把失望給甩掉了，海莉卻始終甩不掉，直到她開始人生的第一段戀情。然而每次戀情的結束，驅魔也跟著結束。

「我明天離開。」老男人說。

她點點頭。走廊裡，美國母親懷裡的小寶寶終於睡著了。那母親對著某個海莉這角度無法看到的人笑了笑，走向寬闊的石梯。沙發上那對渾然不知自己已入畫的男女，站起來走開了。那個神經質的小個子又急匆匆地在走廊上穿梭。

「真捨不得離開啊。」海莉身邊這位男人結束了剛才的話題，開始聊起這趟旅程：他坐火車，因為不喜歡搭飛機。午餐在米蘭吃，晚餐在蘇黎世，兩個地方都離不開火車站。十一點搭上從蘇黎世出發的臥鋪車。

「跟父母來的時候，我們是自己開車的。」

「我從來沒試過。現在當然更不可能。」

「我倒很喜歡那樣。」

當時一切都是那麼自然。他們的笑容；待在又小又髒，只有食物還算可口的法國旅館裡開開心心的樣子；在車子前聊天鬥嘴的樣子。一切都是如此自然不造作，但是實情卻不是這樣的。事實是，他們分別在那些午後的房間裡，瞞騙對方，暗自與另外兩人共進午餐；事實是，他們之間存在一張謊言的網，直到其中一人看穿，無論是誰先發現的。事實就是，他們非要找到一樣比現有的家所能給予的更美好的東西。

「所以妳這次是一個人來？」

這句話他大概不只問過一次，她不太確定。不過，可以從他臉上的表情看出來。

「是的。」

他談起了孤獨。這是很難定義的一種特質，並不只有一般陳腔濫調中的「了解自己」而已。他已獨自一人太多年了，長久的孤獨讓他發現了其中的慰藉，這算得上是另類的諷刺，他如此認為。

「我本來是要去別的地方的。」她不知道自己為何要吐露心聲。禮貌吧，或許是。好幾次，她用過晚餐後都看見這個男的在跟人聊天，無論對方是誰，只要是坐到他身旁的。他彬彬有禮，談論的話題很有趣，不會讓人覺得是在探人隱私。

「結果改變主意？」

「一份友情斷了。」

「喔。」

「我本來應該在有日光的島上。」

「那是哪裡，我可以問嗎？」

「斯基羅斯。以療癒出名的。」

「療癒？」

「一種時尚。」

「這，應該是針對病人吧？依我看，妳並沒有生病。」

「沒，我沒有生病。」只是留不住愛人的心罷了。哪有什麼病。

「說實在，妳看起來非常健康。」他笑著。他的牙倒是原生原長的。「恕我直言。」

「我也不知道是不是真的喜歡那些日光島。不過就算不喜歡，我還是想去。」

「為了療癒？」

「不，我不需要那些。什麼砂療，水療，性心理治療，意象治療，整體輔導治療。我都沒興趣。」

「我知道妳正在自我療癒，不過能這樣閒聊還是很愉快。」

她沒在聽；他繼續說。在斯基羅斯島上，觀光客們以擊鼓歡送日落，歌唱迎接黎明。人們或純粹盡興地玩耍游泳，或在探索過去尚未察覺的自己。賽瑟蕾娜飯店——即便飯店本身已被這些德國和荷蘭人改變了——終究沒有這些東西。也不再足以吸引她的父母了。離異的父母現在走遍天下，各自精采。

「我看見《西班牙農莊[16]》還在書架上。」老先生站起來躊躇了一會兒。「大概在一九八七年我看過之後，就沒有人拿起來讀過了。」

「很有可能。」

他把晚安改成了再見，因為明天一早就要啟程。那瞬間，海莉隱約感覺他猶豫了一下，他站起來的姿態似乎在說希望她能開口要他留下，很想再應邀喝杯咖啡或淡酒。接著他就離開了，沒有再說任何話。她忽然體會到屬於晚年的孤寂，心想當時怎麼沒有好好聽他說話。儘管他一再表示自己喜歡孤獨，但那終究是寂寞的。

「再見。」她在他身後大聲說，可惜他沒有聽見。原以為這個夏日的離別後，他們還會回來這裡；然而，換來的卻是空虛，只剩一個空白的兩週假期。

「晚安。」她穿越走廊時，穿著白夾克的男孩在餐具檯邊笑容可掬地說。今晚這個男孩是新來的，之前看見的是另一個。她一直沒發現。

炎熱的早晨，她走在往市區的小路上，沿著墓園和廢棄的汽油泵。幾輛車子從她身旁經過，從飯店開出來只有這條路可走，然後慢慢沒了蹤影。斯基羅斯島上想必更熱。

雲層都集中在一部分的天空裡，她向前走，雲層就留在她的身後。層層的雲影或許會讓天氣變得涼快些，她安慰自己，只是眼前這些雲層跟太陽還離得太遠。接近市區的時候，路變得比較寬敞，漸漸地坡度也不那麼陡了。開始看得見有水泥座椅的公園和教堂，還有這座城市的守護神聖女依搦斯。

公園裡一個人也沒有，海莉就坐在角落幾株栗子樹底下。遠遠望過去，城鎮又隱蔽起來，一條大路蜿蜒著，穿過叢叢的針葉松和傘松，在視線幾乎觸及不到的地方，與另一條公路交接著。「我們難道不快樂嗎？」她聽見自己的聲音，控制不住地微微顫抖。是的，他們很快樂，他曾經迫不及待地表白。那話中意味著快樂但是還不夠，她聽得出來；就是有些不對勁。她問他，他不知道，他的困惑是真心誠意的。

現在稍微涼快一些了，她繼續走，從狹窄的、有遮蔭的街道走向市中心的廣場，到了那裡，她又停下來歇息，在露天座位上喝著卡布奇諾。

義大利人和觀光客在不太平坦的廣場中緩緩走著，有提著購物袋牽著小狗的女人，有剛剛理完髮的男人，有穿著夏裝的觀光客。聖法比奧拉教堂俯視著整個廣場，有灰色的門階，磚石砌造的外牆。另外還有一間咖啡館，就在海莉選定的這家店對面，咖啡館旁邊是一整排的攤位。市區的銀行都在廣場上，商店卻不多。一家飯館和一間冰淇淋店並排著，裝潢類似。「沒

16 The Spanish Farm Trilogy，作者為Ralph Hale Mottram，英國作家，1883-1971。

錯，它們都是同一家店。」在廣場上，父親把她高舉過頭，她看著父親仰著的笑臉，引得她哈哈大笑。旅途中，母親在那些小旅館裡結巴著蹩腳的法文，發現沒人聽懂她在說什麼的時候，羞得滿臉通紅的模樣。「啊，怪好玩的！」她母親嘟囔著，母親當時坐的位子跟她現在坐著的只隔了一張桌子。

一位神父走下教堂台階，朝四周張望，似乎沒有看到他要找的人。一隻皮包骨的瘦狗一拐一瘸地走過。聖法比奧拉教堂的鐘聲敲響十二點整，當鐘聲停止，遠遠地，又有另一個鐘聲接著響起。雲層遮住了太陽，天氣卻還是熱得可以，一點風也沒有。

就在林布蘭電影院的大廳裡，他說他們的愛情沒法再走下去了。就是在那時候她喊，「我們難道不快樂嗎？」他們沒有爭吵。甚至到後來，她問他為什麼要選在電影院的大廳裡說出來，他不知道。他說，在那一刻感覺對了吧，當時彼此的情緒感應相通吧。要不是因為兩人共度假期的時間逼近，或許他們的關係還可以拖一陣子。乾脆一點要比拖泥帶水好得多，他說。

二月十四日的倫敦那麼黑，那麼冷，一如阿靈頓的寒冬，或許，在這般深重的寒意中還有著更多的愁緒。她曾經讀過這個片段，當時看不懂，現在也不能。她摘下太陽眼鏡：天上的雲不再是先前那樣漂亮的棉團，而像拉斐爾[17]或是佩魯吉諾[18]筆下的白棉絮。快速集結的雲層灰得像鉛，厚重的盔甲鋪天蓋地，拴住了幾乎已消失不見的藍天。開始下起大雨，海莉到聖法比奧拉教堂敲門，門竟然鎖著，有一張簡單的字條寫著，下午兩點半以前不開放。

最後決定婚禮應該在倫敦舉行，她在小飯館裡讀著。其實有充分的理由在庫西城堡舉行婚禮，那可是方便多了。德庫西家族全住在鄉下的宅子裡，到時候親友們前來參加婚禮，既不必花費又省了麻煩。她不餓；點了燉飯，希望分量不大，還有無氣泡的礦泉水。

「盤子裡的麵包有麵粉嗎？我不吃麵粉。」一個女人操著義大利文說，瘦削臉的服務生認真聽著，起初聽不懂她在說什麼，接著起勁地點頭。「這些沒有麵粉。」他手指著菜單上的項目說。這女人是從賽瑟蕾娜飯店過來的。她和一個清瘦的年輕人一起，可能是她兒子，海莉沒辦法從兩人的談話聽出他們是哪國人。

「味道還可以嗎？」那名服務生經過時見海莉在吃燉飯，便問了一句。她點點頭，繼續看書。外面的雨下得更大了。

聖法比奧拉教堂裡的天使報喜圖是由不知名的畫家畫的，或許是屬於菲力波・利皮派[19]，誰也不敢確定。天使跪著，展著灰色的翅膀，他的百合花有一半被柱子擋住了。大理石的地板，白綠赭三色相間。聖母馬利亞面露驚訝的表情，右手伸向那位不速之客。遠處——就是這場奇遇的背景——有一道優美的拱門，欄杆，天空和山丘。整幅畫有種寂靜感，一種無聲的神祕感：在這動人的一刻不必言語，兩人之間已經靈犀相通。

17 Raphael，本名Raffaello Santi，1483-1520，義大利畫家，與達文西、米開朗基羅合稱文藝復興藝術三傑。

18 Pietro Perugino，1446-1523，拉斐爾是他的學生。

19 Filippo Lippi，十五世紀義大利畫家。

海莉的眼睛記錄著一切細節：天使衣袍上綠色的皺褶，皺褶下方的紅色，天空中的一隻鴿子，聖母馬利亞的書，宏偉的柱子，淨空的花瓶，聖母馬利亞的鞋，天使的赤腳。遠處的風景柔和，彷彿從不曾被炎熱親炙過。聖母馬利亞的眼神不是驚慌，而是驚奇。隨之而來的，必是寧靜與安詳了。有幾個觀光客在教堂裡四處走看，不時悄聲說著話。一個穿著黑色工作服的男人在中間的甬道上拖地，甬道兩端都用繩子攔著。一名老婦人在聖母雕像前祈禱，手指數著玫瑰念珠，嘴裡無聲祝禱著。香煙在空氣中縈繞。

海莉緩緩走過搖曳的燭火，經過當地人的一個家墓，穿越放置聖物的祭壇，再走過陳列著聖法比奧拉生平的偏殿。她從沒來過這座教堂，無論是這趟旅程或過去任何經驗。她的父母對教堂並不熱中；這次住在飯店裡，她大可以選在昨天或任何一天來這裡，但是她也沒這個念頭。她的父母喜歡飯店庭院裡的陽光，散步到咖啡館，開車到山裡或是鄰近的小城，還有龐蒂尼科洛的游泳池。

祈禱的婦人蹣跚著又點起一支蠟燭，再次祈禱，然後蹣跚地離開。海莉回到天使報喜圖，坐在最靠近它的一排座位。天使的一對翅膀灰中帶藍，那些藍色的斑點，乍看還真看不出來。聖母馬利亞的鞋是霧霧的褐色，淨空的花瓶是圓球形的，瓶頸很細，馬利亞的書上只刷著些許的金色。

海莉離開教堂時雨停了，空氣新鮮許多。利用戀情做為修復她對愛情的信心未免太浮誇也太不負責任了：這個想法來得莫名其妙。她對戀情不忠實，她欺騙了戀情本身：這個想法也來得莫名其妙。

海莉在教堂台階上站了好一會兒，這個意外的發現令她困惑，卻也讓她悟出真相。廣場石板路上的塵埃已經被雨水刷進石板的隙縫裡。方才她喝過卡布奇諾的小咖啡館，服務生正在擦拭被淋濕的塑膠椅。

太陽在水淋淋的天空中仍顯得乏力。回去賽瑟蕾娜飯店的這段路程，在海莉眼中，似乎因為經過這場悶熱的驟雨，而有一種不同的生氣悄悄在山石林葉上蔓延開來。這條路散發著一股清涼。野生的天竺葵花叢間，聞聲不見影地，有隻鳥兒在歌唱。

明天，當季的太陽照常統管一切，只消正午幾分鐘的時間就會把這分纏綿的溫柔抹得一乾二淨。新的塵埃又將落定，大理石摸上去又會是暖呼呼的。也許要過幾個星期，甚至是幾個月之後，雨水才又會把此刻的馨香溫柔哄騙出來。

太陽一回了頭就無情無義，狠勁十足。在賽瑟蕾娜飯店乾燥的庭園裡，他們要她戴上她不喜歡的帽子，自己卻躲在太陽眼鏡和高係數防曬霜後面，享受著陽光。斯基羅斯島的魅力就是它的太陽。「我要的就是太陽。」他說。海莉不知道他到底去了沒有，不知道今天他是不是在那裡，是不是沒有待在倫敦，或者是否有別人同行。她彷彿看見他在斯基羅斯島上，在他說過的阿特西薩灣玩著風帆衝浪。她彷彿看見他跟某個單純快樂的同伴在阿特西薩灣，親身體驗那聞名已久的療癒法。

賽瑟蕾娜飯店的折疊躺椅都濕透了，玫瑰花瓣水亮亮的。留在露台桌上的一個酒杯裡積了一吋高的雨水。外廳的愛心傘全被借走了。緊閉一陣子的窗戶又打開了；葡萄園斜坡上的灑水器也開啟了。

海莉不想進到屋裡，就在花園和藤蔓之間隨意走走，她的鞋早已濕透。市區傳來鐘聲：是聖法比奧拉教堂在報時，六點整，再過一分鐘，別處的鐘聲也會響起。她獨自站在滴水的藤蔓之間，一時間竟不知身在何方。她的思緒一片空白，就像泥淖似的混混沌沌，終於她明白了：天使報喜圖是在雨後畫的。從拱門望出去那一片遠景，恰似她此刻所見。天使在雨後來臨——那初時的清涼原是其來有自啊。

餐廳裡，愛穿花襯衫的男人的老位子現在與家庭桌合併，讓給了一組七位客人。原先法國女人坐的位子也換了另外一位女士，老男人的桌位上沒人。小飯館裡不斷解釋自己不能碰麵粉類食物的那位婦人，把餛飩湯改成了清湯。四處都有新面孔。

「晚上好。」赭紅色頭髮的女服務生在招呼海莉，戴眼鏡的女服務生把沙拉端了上來。

「謝謝。」海莉低聲應著。

「請用，女士。」

她倒了一些酒，掰了一點麵包。這會兒餐廳裡很吵；杯盤交錯，人聲沸騰。感覺像是林布蘭電影院的大廳，那個他對她說出驚人之語的地方，即使當時周圍十分安靜。明亮刺眼的色彩在她的意識中閃爍著，像一股熱血在失意的萬花筒中爆發。那一刻，在電影院大廳裡，她閉上眼睛，就像當年他們告訴她，他們不再是一家人那樣。

她應該寄幾張明信片給他們的，可是並沒有。她應該告訴他們自從來了德國、荷蘭和瑞士後，這裡的早餐就不只有咖啡和餐包了：現在有乾酪、冷盤肉、水果、麥片、新鮮的海綿蛋糕，露台上的自助餐。每個早晨她都坐在露台上讀《阿靈頓的小屋》，心想，不知道他們會不會對這早餐時段的改進有興趣。至於今天，她則想著不知道他們是否會對那個仍立在馬路上的加油泵感興趣，或對她獨自坐在那座無人公園的栗子樹下感興趣。她也很想寄張明信片給他，最後還是作罷。她又想起在他之前的那個人，是他鼓勵她在度假時帶上幾本長篇小說，比如《女房客》、《弗洛斯河上的磨坊》之類的。

今晚吃的是牛排搭配菠菜。牛排之後海莉加點了甜點，因為想起曾經吃過的葡萄乾水果蛋糕。往後她不會再品嘗了；就像她沒來由地明白自己欺騙了每一段戀情那樣，她知道她不會再重遊此地，無論是獨自前往或與人同行。舊地重遊這件事現在已經完成，機緣湊巧的一趟旅程。明天她將離去。

在有著書架和喬托複製品的休息室裡，她看著房間裡的那些人，有人喝著白蘭地或威士忌，有人在呼喚身穿白外套的侍應生給自己續咖啡，有人在互相交談。那兩個比利時女孩已經跟調查船難的英國小伙子和做生意的奈威混熟了。四個人穿過房間走上露台，女孩子肩上披著羊毛衫，天氣不再像昨夜那樣暖和。「那個男的在畫我們！」一個聲音喊著，昨晚被入畫的那對男女正盯著飯店留言簿上那實在畫得不太像的自己。

他退縮了，就像其他人一樣，當她對愛要求得太多，當她試圖改變，強硬地許兩人一個更好的現在，甚至更好的未來的時候。她一直是自己的犧牲品：她不知道為何自己突然有此頓悟，也不知道為什麼過去從沒發現。她待在賽瑟蕾娜飯店裡沉思「孤寂」，卻一無所獲，她知道往後也不會有所獲得。

她彷彿又看到那個戴著秋香色領帶，不斷自說自話，額頭上有老人斑的老男人。彷彿又看到自己在早晨的暑氣中穿過墓園，走過生鏽的加油泵。在公園的栗子樹下遮蔭，穿過廣場到小飯館，在雨開始落下的時候。似乎也聽見了清潔工在聖法比奧拉教堂裡窸窸窣窣的拖地聲，聽見觀光客們耳語的聲音。祈禱的婦人撥弄念珠的手指，搖曳的燭光。聖法比奧拉的故事混雜了那些曾出現在她生命中的人們的影子，那是不帶死亡氣味的家族墳墓。雨水清新了窒悶的空氣，天使也悄然來臨。

寡婦們

走在十月初一個溫暖明媚的早晨，凱瑟琳發現自己成了寡婦。夜裡的某個時刻馬修安詳地走了——如果有任何痛苦或沮喪，她不會不知道。現在她身邊躺著的人甚至連張照片都不如，凹陷的顎骨嚴重扭曲了她深愛過的那張臉孔。

淚水在凱瑟琳的頰上奔流，成串落到她的睡衣上。她跪在床邊，拉起床單來蓋住那張僵硬的面容。安靜，談吐溫柔，深思熟慮，在凱瑟琳眼中，丈夫要比她來得更聰明有智慧，對待別人也比她來得寬容。在職業生涯裡——推銷農業機具——他是出了名的言而有信。方圓幾哩——遠在城外，不只是附近的街坊——那些成為顧客的農戶，都因為感念他的誠信而尊敬他。聖誕節會收到好多禮物，雞鴨魚肉，一罐罐的奶油，大袋大袋的馬鈴薯。參加喪禮的人一定很多。「以後回憶起來會是一種安慰，凱瑟琳。」在預習他們死別的感傷時，馬修不只一次這麼說過：他們知道這一天就快到了。

假如他是存活的那一個，他一定會留住所有回憶。「不管誰先誰後。」日漸老去時他叮嚀凱瑟琳，「都只是暫時的。」在這段**暫時**裡，其中一人得用心打理另外一人生前負責的領域：他要自己動手熨燙衣褲，啟動洗衣機，照她的方式烹調料理，使用各種電器；她則必須處理那些從前由他負責的維修工作，如果她或她的姊妹沒辦法處理，就得設法找個人來修理，她也必須支付各種帳單，隨時留心帳戶裡的餘額。馬修從不避諱談論兩人死別的事，也教她不必介意。

凱瑟琳跪在床邊祈禱著，淚水又湧了上來。她探出手，緊緊握住床單底下他那冰冷僵硬的手指。「親愛的，」她低語，「噢，親愛的。」

他們的三個兒子帶著家眷前來參加喪禮，在他們童年時期曾待過的這個小城只做了短暫的停留。卡希爾神父在墓地莊重地說完最後幾句話，不久屋裡便又只剩下凱瑟琳和她姊姊艾莉西亞兩個人了。艾莉西亞自她丈夫九年前過世以後就一直住在這兒；她是長姊，五十七歲，就快五十八了。

這棟讓凱瑟琳仍舊能感應到丈夫生前種種的屋子很舒適，有一個窄小的門廳，廚房在後面，臥室都在二樓。外牆粉刷成藍色，配上白色的窗框和大門，這屋子是小城裡的最後一棟，也是都柏林路上的頭一棟。屋子對面就是女子教會學校，在一排銀色的鐵欄杆後頭，三面都被土色鋼筋水泥的教室和宿舍圍著，操場上時常傳來開心熱鬧的嘻笑聲。曾經凱瑟琳和艾莉西亞也在那兒玩耍過，當時從來沒注意到馬路對面的這棟屋子，那時候也是藍色的。

「妳還好吧？」喪禮當晚艾莉西亞說。她們一起清理著喝過雪利的酒杯、茶杯和茶碟。餐廳的餐具櫃上，酒瓶還沒有上塞，餐桌布上的碎屑還沒刮掉。「哎，還好。」凱瑟琳說。她在少女時期很漂亮——身材苗條，黑髮，羞怯的笑容，頰上兩個酒窩。艾莉西亞比較高，也是黑髮，一直是小城裡公認的美女。如今，凱瑟琳頭髮花白，臉圓了，手指關節也有些腫脹。艾莉西亞腰桿直挺，勻稱的五官仍舊看得出昔日的美麗，頭髮比妹妹白得多。

「大家都來了，真好。」凱瑟琳說。

量。

「你撐得住嗎，凱瑟琳？」大家都在問，同樣的話經常一再被問起，她只求能從所有過去裡獲得支撐的力量。

這個暫時不會長久，他曾說過。他們的婚姻仍存在兒女和孫兒女身上，仍存在交相讚譽的口中，仍存在他們共枕的床上，仍存在記憶裡。

剎那間凱瑟琳感覺到淚水湧了上來，從丈夫消逝的清晨到現在，這是第一次，但她硬是不許它流下來。他們的婚姻並沒有消逝。

「是啊。」

「大家都喜歡馬修。」

喪禮第二天，律師事務所的費根帶了一些文件過來，向凱瑟琳解說其中的內容。花了十分鐘時間。

「好了，就這樣。」他說。最後這一句話令凱瑟琳想到棺木滑入地底的那一刻，棺木填補了早先挖掘好的坑洞。那些文件整齊躺在光潔的餐桌上，昨天這桌面還有殘渣碎屑，在這保護桌面的桌布上。費根喝著即溶咖啡說，有任何問題隨時可以撥電話。

「我會幫著妳。」那天早上，凱瑟琳提起馬修的一些私人物件時，艾莉西亞說。他的衣服鞋子，已有慈善機構跟艾利西亞聯絡過了，他們非常樂意接收。他的印章戒指、手錶、領帶扣針、一組成套的鋼筆和自動鉛筆，指明了是要給家人的，就分配給凱瑟琳的兒子們。刮鬍刀之類的東西扔掉便是。

回想起自己當年喪夫也同樣處理過這些事，艾利西亞倒是一點也不傷感。丈夫去世時，她的情緒並沒有什麼波動：最後那十九年的婚姻裡，她早已不再愛他。

「妳一直是我的力量。」凱瑟琳說。她的姊姊自小就很照顧她，多少年來都沒變。

「沒啦，沒這回事啦。」艾莉西亞忙不迭地否認。

湯瑪斯．派厄斯．約翰．里瑞的職業是畫家兼室內設計。在工作上，他除了經驗並無特別的能力，毫無所謂專長。因為這樣，他經常遭人指控手藝太差，也在酬勞的給付上屢起爭執。好在他收費比同行的對手來得低，所以接單服務的需求量倒也還算穩定。若是碰上沒生意上門的時候，不管什麼奇怪的工作他都願意接。

里瑞正值中年，已婚，六個孩子的父親。瘦小精幹，五官糾結，眼睛充血，他瘦小機靈的樣子常讓人聯想到樹叢裡某種叫不出名的動物。稀疏的灰髮順著低窄的額頭往後梳。兩手的食指、大拇指、中指，還有上嘴唇和牙齒，全部被菸熏得發黃，那菸是他自己用捲菸器捲成的。里瑞上工時不穿工作服，他的衣服幾乎沒有一件不沾上油漆。

他就以這副德行，手掌心圈著一截濕答答的菸屁股，出現在凱瑟琳和艾莉西亞的面前。那是十一月的一個下午，馬修去世六週以後。他站在門階上，不敢直視凱瑟琳的眼睛，只輕輕地表達了他的遺憾和哀傷。這段時間裡，也有其他人上門表達相同心意，來的人不多，只是一些不善於寫信又覺得打電話不夠誠意的人。他們只簡單慰問兩句便匆匆離開。里瑞似乎有久留的意思。

「你真好，里瑞先生。」凱瑟琳說。

幾個月前他剛剛重新粉刷過這棟屋子的外觀，同樣的淡藍色。也剛剛把窗框重新刷白。「可憐的里瑞為了找工作焦頭爛額，」馬修曾經說過，「我們給這傢伙一個機會吧？」當時艾莉西亞反對，里瑞之前替他們做過一些工，她不喜歡這個人。凱瑟琳也不大喜歡里瑞，可是對於有難的人她容易心軟。

「我可以進去一會兒嗎？」

對街的女子教會學校還沒開始下午的課，孩子們在操場上跑來跑去，玩得不亦樂乎。凱瑟琳雖然看著他們，卻意識到自己已不受控地蹙起眉頭。他又來找工作了，她思忖著，肯定是為了這個。艾莉西亞的疑慮自有道理：粉刷油漆偷工減料不說，預備工作也一塌糊塗。「只此一次，下不為例就是了。」馬修說過的。再說，眼前確實也沒有可幹的活兒。

「當然。」凱瑟琳讓開一邊，里瑞走進狹長的門廳。她帶路走向廚房，因為那兒比較暖和。艾莉西亞在擦拭桌上的餐具，這是她每月一次的例行任務。

「坐，里瑞先生。」凱瑟琳為他拉開一張椅子。

「我來表示哀悼之意。」他對艾莉西亞說。「如果有任何幫得上忙的地方，任何小差事，我隨時方便。」

「你真好，里瑞先生。」凱瑟琳接得飛快，就怕萬一姊姊說出什麼難聽的話。

「打從小時候我就認識他了。他過去都在天主教友會裡。」

「是的。」

「美好的過去啊。」

他顯得有些尷尬。好像想說什麼，又難開口的樣子。他把一隻手探進外套口袋裡。凱瑟琳看出那隻手在把玩平常捲香菸的小玩意。然後那隻手又伸了出來，緊張兮兮地，和另一隻手不停地搓著。

「真不好意思。」里瑞說。

「什麼不好意思，里瑞先生？」

「我不知道該怎麼跟妳開口。前些時候妳們有事，我沒有過來。」

艾莉西亞放下沾了高達牌亮銀劑的抹布，凱瑟琳看著她姊姊刻意放慢動作，擦拭完最後幾把叉子，慢慢摘下橡膠手套，再緩慢摺疊好放到一邊。艾莉西亞嗅出蹊蹺來了；她總是有辦法未卜先知。

「不知道妳知不知道，」里瑞開口了，只對著凱瑟琳發問，「還沒有付款的事？」

「什麼還沒付款？」

「我幫你們做事的工錢。」

「你不會是指粉刷屋子外牆的事吧？」

「正是，夫人。」

「我們確實付過了。」

他輕輕嘆口氣。討帳是很尷尬的事，他說。特別是碰上喪事。

「我丈夫全部付清了。」

「啊沒有，沒有。」

先前微蹙的眉頭這會兒連額頭都皺了起來。她知道工錢確實已經付清了。因為馬修說過里瑞缺錢，為了方便起見，那筆錢是她從自己愛爾蘭建築信貸銀行的帳戶裡提出來的。「月底我會幫妳對一次帳。」馬修說過。他們商量好的，以她的名字開立的這個帳戶，就是專門為了處理這類的事。

「一共是兩百二十六鎊。」里瑞曖昧地笑著。「外帶現金折扣。」

她沒有告訴他那筆錢是她親自去提領的。這不干他的事。她看著他的舌尖舔著他的上嘴唇，再用沾著油漆的手背抹了抹嘴巴。艾莉西亞輕輕把叉匙放回餐具盒裡。

「帳單是九月寄出來的。這些事情都是由我老婆一手包辦。」

「帳單馬上就付清了。我先生總是馬上付清的。」

當時的情形她記憶猶新。「我這就拿去給他。」當時馬修還看了一眼廚房裡的鐘。每天黃昏時分，他都會散步到麥克肯尼小酒吧，在那兒待上將近一個鐘頭，主要看當天的同伴而定。那天黃昏，他特地繞遠路走到法蘭西街，就為了去布拉迪巷的里瑞家。臨走前，他把錢從愛爾蘭信貸銀行的信封袋裡取出來，跟她在提錢的時候一樣，慢而仔細地數過一遍。她親眼看見他手裡的帳單。「他這是在跟稅務員過不去。」她記得當時他針對里瑞特別喜歡拿現金這件事淡淡地說了一句。

回到家他習慣把帽子掛在餐具洗滌間走道的掛鉤上，再拿著晚報坐到廚房餐桌邊，報紙是從酒館回來的路上在喜利糖果鋪買的。他上酒館主要是為了聊天，過後再把聽來的消息講給她和艾莉西亞聽。他愛喝瓶裝的史密斯威克啤酒。

「妳記得這事吧？」凱瑟琳向姊姊求助，雖然她清楚記得九月那個黃昏下馬修離家的樣子，卻不太記得他回家之後的情形。因為這一切都覆蓋在一成不變的常態底下，就像銀行信封裡裝的一定是鈔票，沒什麼特別的。

「我記得那天稍早曾談起過這筆錢的事，」艾莉西亞回想著，「要是記得沒錯，那天傍晚我去了聖母軍[20]。」

「不久前我老婆發現帳單沒付，」里瑞很有禮貌地停下來等她們回想，又繼續說，「『這筆帳不好收，人都死了。』我老婆是這麼說的。要是她知道我來給兩位添麻煩，肯定要我好看。」

「對不起，失陪一下。」凱瑟琳說。

她離開廚房，走向通道的餐具櫃，查看櫃子裡的紙插，所有收據都存在那上面。這一張應

20 Legion of Mary，一九二一年在愛爾蘭都柏林成立的天主教教友團體。

該就在最頂上，可是沒有。往下也沒有。也不在抽屜裡。她查看三個檔案盒，就怕把它誤收進哪個盒子裡。結果還是找不著。

她帶著另外一樣證據回到廚房：愛爾蘭建築信貸銀行的存簿。她打開存簿，把簿子放在里瑞面前，指著登錄了支出兩百二十六鎊的項目。她看得出來她不在場的這段時間，屋裡另外兩人並無任何交談。里瑞也許想找話說，但艾莉西亞肯定不會回應。

「九月八日，」凱瑟琳說，為了強調，她特別用手指著印在上面的日期，「是星期三。」里瑞靜靜地端詳這個項目。他搖了搖頭，臉上糾結的五官變得更加扭曲，緊緊地擠成一個困惑的死結。凱瑟琳朝姊姊瞥了一眼。他這是在裝腔，艾莉西亞的表情這麼說著。

「錢確實是提出來了，」里瑞終於說，「會不會他拿去派別的用場了？」

「派別的用場？」

「妳有留下收據嗎，太太？」

他口氣溫和，倒沒有想要無賴的意思。凱瑟琳仍舊站著。為了抬眼看著她，他側著頭。他一副抱歉的口吻，不過，那也可以是裝出來的。

「我帶了收據簿。」他說。

他把本子遞給她，一本厚厚的，油膩膩的筆記簿，灰色大理石紋的封面上印著**挑戰筆記簿**的字樣。翻爛了的紙頁中夾著凸出的藍色複寫紙。

「每一張收據都會留一份影本在裡面。」他說，這次是對著坐在桌子對面的艾莉西亞說的。「最上面那份是給客戶的，複寫的自己留存。做生意沒有一份存底的單據是不行的。」

他站了起來，翻開本子亮出好些沒用過的頁數，每一頁都印著相同的抬頭：**與T. P. 里瑞的帳務往來**。他告訴凱瑟琳，帳務明細是如何登錄在複寫紙底下那張薄紙上的，在帳單付清後，又是如何開列收據和存底：**款項收訖，謝謝**，並附帶有日期和里瑞太太慎重的簽名。他把收據本子再傳給艾莉西亞，同樣把細節一一向她說明。

「那張收據什麼狀況都有可能發生，」艾莉西亞說，「依這情形來看。」

「要是收據發出去了，太太，這裡一定會有一份存底。」

艾莉西亞把收據本放在桌上，擺在薄薄的存摺邊上。里瑞的注意力還是對準了收據本，旨在強調那個本子裡的事實。證據確鑿，無須多說：因此他的眼光十分篤定堅持。

「我先生就在這張餐桌上，」凱瑟琳說，「數著裝在銀行土黃色信封袋裡的錢。」

「這就是個謎了。」

哪有這回事，根本不可能有什麼謎。帳單明明付清了。兩姊妹都認定了這一點；認定的方式或有不同，她們猜想里瑞——可能連他老婆在內——發現馬修的死讓他們有機可乘，便立刻設計出這騙人的把戲。馬修應允用現金支付，方便他們瞞騙稅務機關。而馬修往生更是幫了他們大忙。凱瑟琳說：

「我先生確實是口袋裡揣著這只信封走出家門的。你是說，他沒去找你？」

「會不會他被搶了？可能嗎？這陣子常聽見這種可怕的事。」

「啊呀，沒的事！」

里瑞若有所思地晃著腦袋。確實不大可能，他也同意。不論誰遭到搶劫都會找警察，回到家也一定會說出來的。

「帳單真的付過了，里瑞先生。」

「還是老話一句，我們都照收據走。終究還是得有那張收據。」

艾莉西亞搖搖頭。要不一開始就沒給收據，她說，要不就是弄丟了。「這叫死無對證啊。」她說。

要是凱瑟琳能夠拿出收據，里瑞就會去責怪他的老婆。他會低聲下氣地說是她一時糊塗弄錯了。他會隨便找個藉口馬上開溜。

「重點是，」但他說出來的卻是這一句，「這筆錢數目不小，我實在沒辦法不計較。」

凱瑟琳和艾莉西亞常在一些小店裡見到里瑞太太，一頭紅髮，像個吉普賽人，塊頭比她丈夫大，很可能出主意的就是她。里瑞夫妻倆都是騙子，比騙子更壞；機會來了，哪擋得住誘惑。「是啊，那兩個人可有錢了。」那女的肯定會這麼說。兩姊妹懷疑里瑞會不會之前就騙過其他喪家，一定有，她們猜想。里瑞說：

「這對一個為你們幹活的人來說真的很為難。」

凱瑟琳朝廚房門口走去。里瑞慢吞吞地跟著她走到門廳。對於那天傍晚的記憶愈來愈清晰：那天千真萬確是星期三，剛巧是糖果鋪女孩結婚的日子；同時，她也想起來，艾莉西亞當時正趕著去聖母軍忙教會的事。麥肯尼小酒館裡都在談論婚禮的事，大家都說明顯是為了美國來的客人才會選在不前不後的星期三。她默默開了大門。對街，銀色圍欄的那一邊，孩子們仍在學校操場上跑來跑去。淡淡的陽光照耀著教室和修女宿舍不加修飾的水泥牆。

「我該怎麼辦呢？」里瑞問，他瞪起一雙布滿血絲的眼睛，看著她。

凱瑟琳一聲不吭。

她們在討論這件事。也許，艾莉西亞說，收據還存留在馬修的一件衣服口袋裡，被她送去慈善團體的一件夾克，經過舊衣拍賣，後來竟轉到了里瑞的手裡。她猜想里瑞太太無意間發現了收據，這誘惑太強大了。里瑞是個意志薄弱的人，她說，加上那個吉普賽老婆是個心機重的女人。里瑞太太總是賊頭賊腦，鬼鬼祟祟推著一台破推車走在大街上，她那幾個穿著破爛的孩子害怕她到了極點。從那本髒兮兮的收據簿裡撕掉存根的事，只有她做得出來。里瑞一定是受她支使的。

艾莉西亞把擦拭過的餐具收好了，她們就在廚房的餐桌邊上。馬修不論生前死後都清清白白，艾莉西亞說，他一輩子做人嚴謹，從不含糊。里瑞夫妻沒考慮到這一點，真是算計錯了。就算告上法庭，里瑞夫婦也是站不住腳的，白紙黑字的證據，銀行提領的額度和帳單上的數字完全符合，更何況馬修向來有不拖欠債務的美譽。

「我在想，」艾莉西亞說，「我們是不是應該去報警？」

「報警？」

「他不該這麼大剌剌地上門來。」

那天傍晚來了張里瑞開列的帳單，上頭標著**應付帳款**。單據是從信箱投進來的，第二天早上在前門腳踏墊上被發現，就壓在《愛爾蘭獨立報》底下。

「這個無賴！」艾莉西亞氣憤地嚷著。

屋外傳來負責十字路口交通指揮的女學生口令聲。「準備！」「準備通過！」「現在通過！」不老實又不講理，艾莉西亞氣急敗壞地說。里瑞一副壓根兒沒聽說那晚馬修帶著信封袋裡的兩百二十六鎊出門是為了什麼，好像也沒看到過那本銀行存摺似的。

「真是莫名其妙。」凱瑟琳說。在門廳的艾莉西亞猛的轉過身，說事實再清楚不過。她再度建議去報警。麥克．布萊德警官一出面，她說，里瑞夫妻就沒戲唱了。操場那邊的叫鬧聲隨著陸續到校的女學生愈來愈大，忽然手搖鈴聲響起；不一會兒操場上便安靜了。

「我只是在想，」凱瑟琳說，「會不會是出了什麼差錯。」

「什麼差錯也沒有，凱瑟琳。」

艾莉西亞不再多說。她帶頭走去廚房，在平底鍋裡裝了半鍋水煮水煮蛋。凱瑟琳把吐司切來烤。想當年，她和艾莉西亞還是那操場上的小女生，哪裡知道馬修這個人的存在。多年以後，一個週六夜晚，做彌撒時她才注意到他。又過了很久，他才開始約她出去，先是散步，然後開車兜風。

「妳以為會出什麼問題？」艾莉西亞問。「難道馬修把這些錢拿去下注賭狗了嗎？或者去還積欠的酒錢了？清醒一點，凱瑟琳。」

假如里瑞告的是艾莉西亞的丈夫，這事就不會有什麼懸念：那個沒出息的討厭鬼，婚後搞七捻三，跟鎮上不只一個女人勾搭，更是賭馬場，賽狗場，酒吧間的常客，最後自掘墳墓，早早入了土。這些在馬修來說是何等荒唐的行徑，在艾莉西亞的老公卻是家常便飯——這是兩姊妹共同的看法，只是沒說出來罷了。

「要是由卡希爾神父出面處理……」艾莉西亞才開口，凱瑟琳就把話題打斷了。她不想這麼做，她說；她不要旁人插手這件事，就算卡希爾神父也不行。她不要她的丈夫因為有沒有欠帳的事情教人議論。

「妳有得受了，」艾莉西亞警告，一根手指按在從信箱投進來的那個信封上，「這些東西會源源不斷地出現。」

「是啊。」

夜裡凱瑟琳躺在床上睡不著，想著不知道馬修會不會在去里瑞家的路上把錢弄丟了，他把手伸進口袋發現錢不見了，卻羞於啟齒？這不像他的作風；這想法真要不得，結婚這麼多年，他從不是一個遮遮掩掩，抱著缺點不說出來的人。艾莉西亞的老公過世的時候，馬修說真教人難過不起來，她完全贊同。艾莉西亞一共被離棄三次，時間長短不一，每一次他們都以為這個男人將從此消失；結果他又回來了，艾莉西亞也都承受了。馬修當然不會把錢弄丟；這就像是懷疑馬修是個賭徒一般的無稽。

「萬一他們又去對別人玩這招呢，」艾莉西亞說，「還不如揭發他們的好？留著這麼個人到人家屋裡去做工幹活，太危險了吧？」

那天上午她們不再提這件事。姊妹倆收拾好早餐的碗盤，凱瑟琳出門去採購，這是她分內的家務事，這段時間裡就由艾莉西亞負責打掃樓梯門廳，這天是星期四。凱瑟琳穿過那些熟悉的大街小巷，狄更先生為她切好了培根，吉利根在五金店裡招呼她，她心裡想著她丈夫在九月那個星期三的黃昏下，走在路上的情形。她不自覺地看了眼喜利糖果鋪，當時他在這兒買過晚報，又看了一眼麥肯尼小酒館。黃昏時分，他總是帶著晚報，和一些聽來的閒談回到家，只有星期天除外。這是他告解的時間，每逢這時候他就會比平常提早半小時出門。

法蘭西街上，一個鄉下婦人沒看仔細就打開車門，把一個腳踏車騎士撞倒了。「啊，沒事。」騎腳踏車的年輕人說。他是幫西街肉商勞力斯送貨的孩子，是鎮上最後一個送貨生。「真是的，我哪看得見他呀。」凱瑟琳經過時婦人正為自己辯護。車門有些卡住了，那婦人說只要那孩子沒事，這麼點小事有什麼關係？

柯里奈，利莫瑞克襯衫店的推銷員，那天也在鎮上。馬修的襯衫一直是跟柯里奈買的，總是同樣的條紋花樣，藍或褐色條紋。柯里奈知道他的尺寸，凡是蒙斯特和康納特的男人，他們的襯衫尺寸他都有，這兩處是他的地盤。凱瑟琳看見柯里奈朝她走過來，她看得出他完全不知道馬修過世的事，於是鼓起勇氣主動告訴他。他一手按著她的臂膀，小聲地說，馬修是個好人。有沒有任何可以幫忙的，他說，隨時願意效勞。說這話的人太多了。

就在這時候，凱瑟琳瞧見里瑞太太。油漆匠的太太推著她的手推車，一個孩子拽著推車亦步亦趨地跟著。

凱瑟琳走到對街，不知道那女人是否看見了她，應該看見了才對。在吉樂提麵包店裡，她選了架上的隔夜長條蛋糕，她和艾莉西亞都不喜歡買新鮮上架的麵包，隔夜的才有折扣。她走出麵包店時，里瑞太太已不知去向。

「沒什麼大事，就一個女的把騎腳踏車的奈倫撞倒了。」她回到家把這事告訴了艾莉西亞。「是叫奈倫吧，那個勞力斯肉鋪的小伙子？」

「不是叫基恩嗎？那個頭大大的？」

「我看不是基恩。聽人說是叫奈倫。管他叫什麼，反正沒受傷就是了。」她沒說看見了里瑞太太，因為她不想再聊起這話題。她知道艾莉西亞是對的：那帳單會一直寄過來，除非她出手制止。里瑞夫妻既然打定了主意，怎會輕易罷手呢？到晚上艾莉西亞也一直沒提起這件事，直到關了電視，準備上床睡覺的時候，凱瑟琳說：

「我看我就把錢付了吧。這樣最簡單。」

右手把著樓梯的扶欄，艾莉西亞正要上樓，不敢相信地看著她妹妹。凱瑟琳點點頭，繼續往廚房走，艾莉西亞跟著她。

「不可以。」艾莉西亞站在廚房門口，凱瑟琳進廚房，清洗她們臨睡前喝過的茶杯。「妳沒欠債，不可以給這個錢。」

凱瑟琳關了水龍頭，瀝乾洗好的杯子，碟子排在瀝水板的塑膠擋中間。明天她要從銀行帳戶提領一筆相同數目的錢，親自送去布拉迪巷子裡的里瑞家。她要站在那裡等著他們開立收據。

「凱瑟琳，妳不可以再拿出兩百多鎊。」

「我甘願的。」

說話的同時，她對付款細節有了主意。過去馬修答應里瑞用現金支付，現在沒必要再這麼做。她要請愛爾蘭建築信貸銀行開立一張支票給T.P.里瑞。到時她就帶支票過去，而不是一大疊現鈔。

「他們會把妳當傻瓜。」艾莉西亞說。

「我知道。」

「里瑞應該去坐牢。妳這是在姑息養奸啊。醒醒吧，小姐。」

艾莉西亞感到一陣失望，困惑也不解。她老公的死算是個了結，她希望現在妹妹寡居的心情也能跟自己一樣。她期盼的是，既然沒有了婚姻，她們就該收起身上的喪服，回到從前的樣子。可是此刻在廚房裡，凱瑟琳顯然決定屈服於明知是設計出來的騙局。一旦警方對義賣衣物展開調查，有些陌生人就會問起油漆匠的老婆是不是買過這件或那件衣服，私下的相熟親近也會被毫無保留地公開出來——凱瑟琳之所以要付錢，或許就是擔心這事會壞了人們對她丈夫的記憶。艾莉西亞很了解自己的妹妹，她知道她一旦做出決定就會堅持到底。這事絕對會影響她的妹妹，會在她心裡產生一些新的怪想。就算里瑞那天不來，也會有其他的事情發生。

「妳大概還會再請這個人過來，是吧？」艾莉西亞說，她有意傷害她，而她知道自己成功了。「妳還會再叫他來家裡粉刷，修補梳妝台之類的，是吧？」

「這跟里瑞沒關係。」

「那跟什麼有關係？」

「別說了。」

掛好茶巾，凱瑟琳發現自己的手指在發抖。她們從沒吵過架；即便是小時候也沒有。艾莉西亞在這屋裡住的這些年裡，從來不用這麼不開心的口氣說過話，她粗暴地拉大了嗓門。

「他們踩到妳頭上啦，凱瑟琳。」

「是的。」

她們倆不再說話，連道晚安都沒有。艾莉西亞關上房門，氣惱地跟自己說，她希冀的又不是多貪婪的願望。她的白痴婚姻一點也不幸福，之後她一直抱著感恩的心住在這屋子裡。雖然這違反她的本性，她還是毫無怨言；她只希望兩個寡居的人能再回到從前姊妹的情分，這難道很過分嗎？

房間裡，凱瑟琳寬下衣物，瞥見化妝台鏡子中自己裸露的身影。她想念他身上的暖意，在睡前他總是用一隻手攬著她，那最後一次的擁抱。某些夜裡她還聽得見他說愛她的聲音。她穿上睡衣，跪下來祈禱，關燈。

一種直覺，模糊隱約地，在黑暗中把她拉進了艾莉西亞的失望情緒中。在那些全家福照片裡——有些還很清楚，有些已因日照的影響而褪色——這對姊妹從來就是如此：艾莉西亞漂亮，笑容充滿自信；凱瑟琳總是受她照護著。凱瑟琳腦中最初始的一個記憶，是一朵小黃花，陽光，還有那頂戴在她頭上的白色帽子。那是櫻草花，艾莉西亞後來告訴她，是她們跟著母親一起去河邊廢墟的那天發現的。「看啊，凱瑟琳，」她說，「好可愛的小花。」凱瑟琳投以羨慕的眼光，看著艾莉西亞穿著第一次領聖餐的洋裝，男孩子紛紛對她行注目禮。艾莉西亞一直是個重要的角色，負責、可靠、不出錯，很有做姊姊的架式。她就是支撐我的力量，凱瑟琳在喪禮後說，艾莉西亞很開心，雖然搖著頭。

經過半小時的輾轉，凱瑟琳睡著了。夜裡她醒來幾次，每一次都發現腦子裡塞滿了她剛剛下的決定，和姊姊生氣的面孔，兩小塊紅斑飛上她的臉頰，眼裡盡是不以為然的輕蔑。「笑柄，」艾莉西亞在夢裡對她說，「簡直是個天大的天大的笑柄啊，凱瑟琳。」

凱瑟琳躺在床上，想著那頓即將到來的無言早餐，彷彿看見自己走進布拉迪巷，里瑞在撥弄著那捲香菸的小玩意，里瑞太太拖著毛茸茸的拖鞋，兩條沒穿襪子的腿因為太靠近爐火，燻得全是斑點。他們會奉上茶水，但凱瑟琳不會喝。「太老實的人沒得混。」里瑞可能會這麼說上一句。

她不再睡了。看著黑暗漸漸轉為明亮，聽著最早從屋外駛過的幾輛車子，也許是機緣湊巧，這場小小的欺詐讓姊姊得以藉馬修的死再次發揮她潛在的威勢，當初她自己成為寡婦時並沒有這個機會。艾莉西亞一直苦於沒有這樣的機會；而現在又跟從前一樣，無從發揮了。

凱瑟琳知道這個直覺並非她疲累的心在搞鬼。這個屋裡有了兩個寡婦，艾莉西亞的妒忌自然會成為她們倆共同分享的一個事實，今晚這分妒忌出現了，雖然只有短暫的片刻卻縈繞不去。寡婦總是寡婦。凱瑟琳會感到哀傷，會默默地獨自懷念那愛裡的溫暖。至於艾莉西亞，她的美貌就是她所有的回憶。

吉伯特的母親

一九八九年十一月二十日，星期一，南倫敦一個很少發生暴力事件的地區，凱洛．迪克森，一名十九歲女店員，在晚上十點十五分到午夜這段時間被亂棍打死了。約莫九點五十分時，她才跟朋友琳賽安．卓特說了晚安，在這之前她和琳賽安一直都在一起看電視劇《加冕街，布魯克賽德和布恩》。接著她走路回爸媽的家，位於七百碼遠的雷爾蘭茲園區，卻就此永遠回不去了。她的父母以為她和琳賽安去了迪斯可——雖然明知道那天是星期一——兩老在十一點上床睡覺，這是他們的習慣，不管女兒到家沒有，他們總是先睡。凱洛．迪克森的屍體是第二天早上被一個擦窗子的清潔工發現的，就在一哩半路外的老引擎道上，她陳屍在濃密的枸杞樹叢和落葉堆裡。因為不想捲入這件他形容為「見不得人的齷齪事」裡，這名清潔工當時騎上腳踏車就走了；一個小時後，幾個小學生向警方通報老引擎道的樹叢裡有一具屍體。這條老引擎道是窗戶清潔工——榮恩．克雷格．湯瑪斯——週一到週五每早上工的必經之路，所以稍後在他幹活的時候，被警方找去問話。當天正午，收音機裡播報了這則悲劇，播音員在報導中指出，一名男性正在協助警方調查偵訊。報導中還提到凱洛．迪克森在死前曾遭人強暴，這點也許是誤傳，或是播報員自己的猜測。那並非事實。

一個月前，剛滿五十歲的羅莎莉．曼儂，站在廚房水槽邊削馬鈴薯皮，一面聽著廣播劇《阿徹這一家》。歲月的痕跡明顯出現在她的臉上；原本圓潤好看的臉蛋現在起了皺紋，但分布得很均勻，並不礙眼。她的身材依舊纖細，不見發福的跡象；頭髮裡夾雜了過去沒有的灰白，倒有些醒目。那對褐色的眸子神采依舊，只比兒時稍淡了一些。

「嗨！」聽見兒子上樓的腳步聲她立刻喊著。收音機的聲音太吵，她聽不見吉伯特的回應，不過她知道跟以往一樣，他一定應聲了。《阿徹這一家》的音樂響起，接著開始談論輻照食品。

離婚時協議，這棟屋子歸羅莎莉所有。那是十六年前的事了，一九七三年。對於房子的歸屬問題，雙方沒有起口角，連異議也沒有。這是吉伯特的家：盡量以不干擾吉伯特的生活為主。因此西南15區布倫海路21號就歸給了她。跟她有過婚姻的那個男人，和別的女人住進了維吉尼亞湖附近一棟都鐸式的大宅。羅莎莉當時重拾婚前致力的植物研究，三年後因為體力無法負荷而放棄。現在，她只在一家賣家具布料的店裡做做兼職的工作。

想到布倫海路21號將來會是吉伯特生活的依靠，羅莎莉內心感到挺踏實的。她打算把閣樓和二樓改為獨立套房。一樓的空間已夠她和吉伯特住了，花園當然要保留，這個格局在她死後也要維持下去，這麼一來吉伯特父親當年的投資將能再增加一份收入。吉伯特，她很清楚，他是不會結婚了。目前他在建築公司上班——整理圖檔，影印，跑郵局，收件送包裹，泡茶和咖啡，清潔打掃。每天晚上羅莎莉都會聽吉伯特大談這一天在整理圖檔時的感想，或是快捷影印店的影印紙要比速效那邊便宜兩便士之類的新發現。「喔，很棒。」辦公室裡的人聽了頂多這麼說一句；他的母親卻總是聽得津津有味。

「今天一切都好嗎？」十一月二十一日那天晚上，他一如往常走下樓，她問他。他在廚房抽屜裡翻找著刀叉和餐墊。

「好極了。」他說，一面調芥末，一面說著這一天發生的事情。

他收齊了刀具和印著大帆船的餐墊，端著托盤走進餐廳，排好餐桌，打開電視。他們總是一邊吃飯一邊看電視，只是不會把餐盤擱在膝蓋上，他們母子倆都不喜歡這樣。兩人總是並排坐在餐桌邊上，吃完飯吉伯特幫忙洗碗盤，然後出去轉轉，有時候散步到阿拉伯男孩酒吧或是德文廈阿姆斯酒店，有時候開車到公牛或是花園市場。他說這是他忙碌一天舒解身心的方法，羅莎莉相信；他喜歡在一大群人當中享受獨處；他喜歡嘈雜的人聲，喜歡聽點唱機放出來的音樂。他不貪杯；因為不喜歡啤酒，他只喝蘋果酒，一晚上頂多喝一兩品脫。這些事他也都會對她說。他什麼都會告訴她，什麼都不瞞她，吉伯特說，他一本正經地看著她，口氣裡卻明寫著這都不是實話。

洗窗戶的清潔工，榮恩，遭到負責這個案子的督察長狠狠訓了一頓，稍後又被小隊長和一位女警官斥責。枸杞樹叢裡的那具屍體有可能存活著，他們對他說；現在當然死了，但本來很有可能還活著。碰上這種事向警方通報是做市民的責任，而不是隨隨便便一走了之。

榮恩，恰好跟吉伯特．曼儂同年——二十五歲——他答覆說他是簽了合約的：狄斯瑞利街和羅爾街兩條街上的窗戶必須在九點清洗乾淨；如果延遲了，不論是工作，還是路程，都會趕不上約定的時間。當時他也被那個景象給嚇著了，那半裸的女孩身子扭曲躺在那兒，兩眼直瞪著他；那副樣子，誰也不可能還活著，他十分堅持。

警方對榮恩・湯瑪斯整整關心了五小時。他有偷竊和損壞財產的前科。不過這件案子，除了他沒有即時通報，其他完全牽扯不上關係。督察長、小隊長和女警官也只能藉訓斥稍微緩和一下他們的煩躁和挫折。他們要求榮恩・湯瑪斯把前一晚，在十點十五分到午夜這段時間的行蹤做出明確的交代。「看你的樣子就是個癟三，湯瑪斯。」督察一副管你愛聽不聽的口氣。他的注意力轉向了那輛出現在案發現場附近的銀色佛賀上。

一個叫做麥瑟斯的女人見過那輛車，另外有一對在門口接吻的男女也看到了。那天晚上，約九點不到，那車就開上了老引擎道，隨後轉進一條死胡同——史德伯巷——在巷子裡停了半個小時，沒見有人下車。麥瑟斯太太就住在這條巷子裡，她聽見車子的引擎聲，走到窗口看了一眼。車頭大燈關了；麥瑟斯太太直覺這車子裡的人不大對勁，就把所見照實跟她姊姊說了。站在門口的那對男女說，後來車頭燈再度打亮，那車慢慢地在巷子裡掉頭；慢慢轉上老引擎道，大燈太刺眼，根本沒法看見車子裡的人。

「車子裡的人，」那對男女離開之後督察長沒好氣的改了說法，「八成是個應召女郎。」

即便如此，那輛佛賀車的形貌已經拼湊出來，車體有刮痕，有鏽蝕，收音機的天線扭成一團：幾分鐘之內，電話從倫敦各地湧進來，都說看到過有這些特徵的銀色佛賀。有些電話是惡意的——藉這個機會翻舊帳，報復擁有這型車的車主；有些根本瞎扯。但有個女人，用公用電話打來，她說她的一個朋友那晚曾開車去史德伯巷，而且就在那個時間點。這女人沒留姓名也不說職業，只說她朋友開車過去是為了在車上討論一些家務事，史德伯巷安靜合適。督察長推測這女的應該只是個專業或兼差的妓女戶；至於榮恩．湯瑪斯，就像對那輛銀色佛賀車的興趣一樣，被他撂在一邊了。

吉伯特有著一頭黑髮，五呎八吋高[21]，體型清瘦。他長相端正，嘴是嘴，鼻子是鼻子，一對褐色的眼睛像極了他的母親，顴骨很高。吉伯特全身上下都很協調；甚至連他的聲音——軟綿綿的——也很搭調。最最特別的一點——說不出什麼道理，即便他不多話——只要他出現在屋子裡，就絕不會被人忽略，甚至在離開後他的影子仍在。

吉伯特兩歲的時候，羅莎莉發現他眼裡總帶有一股奇怪的勁道。不管注視著一隻椅腳還是他自己的腳，他會連續幾分鐘眼睛都不眨一下。不出聲，且出奇安靜，這點令她十分不安。他會非常仔細地檢查自己的手掌。像個老人，把整個手指張開，默不出聲地察看皮膚上的瑕疵。然後，就像開始時候的突兀，忽然又不看了。他五歲時，廚房裡常常會不見一些小東西——茶匙，蛋杯，削馬鈴薯皮的刨刀。從此再也找不到。

九歲那年，吉伯特接受精神方面的治療，最直接的原因是有天放學後他沒有回家。他應該要跟其他住附近的同學一起搭公車回來才對。那天傍晚報了警，可是沒找到吉伯特，也沒有接獲通報有誰看見過他。第二天早上七點半，他撳了布倫海路21號的門鈴，說他在一棟公寓的地下室過了一夜。他沒有向母親做任何解釋。沉默取代了他的正常溝通方式，就像當初他開始檢查他的雙手，廚房裡的東西開始一件一件不見時的樣子。

過不久，吉伯特開始拒絕做功課，坐在教室裡不哼不哈，拒絕打開書本，甚至不願把書本從書包裡拿出來。問他的時候，他又不做任何解釋。吉伯特成年後的倔強性格就是從那時候開始的：一位精神科醫生說這孩子自以為他的某些權利被剝奪了，另一位心理醫生——這是過了一段時間之後的事——也看出了類似的問題，只是他引用了更專業的數據和術語。一九七八那年，吉伯特十四歲，那一整年他都在一所專門觀察有反常行為趨向的中心度過。「我們鼓勵吉伯特跟我們分享他的各種疑難。」一個留著鬍子的男人跟羅莎莉說，他語意不清地又加了句：「當然還會做些常態的諮詢。」可是當吉伯特重新回到布倫海路21號的家，他還是原來的老樣子，只有身高長了將近兩吋，人中和下巴也長出了明顯的茸毛。他一直拒絕跟學校配合，最後竟成功自學數學、拉丁、地理、法文和初級德文。他愛書如痴，最愛的是歷史和歷史傳記；他會用正確的字彙和文法寫下長篇大論，經常跟羅莎莉談論義大利的大政治家加富爾和法國查理大帝，還有各種條約和殖民政策。一九八四年，他二十歲，失蹤了一個星期。隔年底，他失蹤的時間更長了，不過寄了不少風景明信片給羅莎莉，從南海岸的多個海邊度假勝地寄來的，他說他一切都好，正在飯店裡打工。後來他也不願意再多提，接下來又失蹤了，寄出的卡片仍是來

21 約一七三公分。

自相同的地區；回家後要求買一輛斯柯達汽車。他的母親從來不知道他何時何地學會的駕駛，也不知他是用什麼方法拿到駕照，那駕照是在他的梳妝台抽屜裡發現的。他在一間果醬工廠的罐裝部門做了一陣子，就轉到了現在的建築師事務所，他說這地方有趣多了。有一位社工——很認真負責的一位女性，她在行為矯治中心裡認識了吉伯特——仍會不定期地來探訪他，來的時間都在星期六上午，那天他不必上班。一個勁地拚命談著影印的事，有一回她說，她很想說聽吉伯特一再重複的話題無趣至極，又覺得說出來太不厚道，太刻薄了。最後，這位社工對羅莎莉說，輔導對她的兒子並無太大的助益，而且他在工作上也很能適應，便停止了每個星期六上午的探訪。看起來很好，她說。不會出什麼麻煩。

羅莎莉卻沒這麼樂觀。她不相信她的兒子已經很好。長久以來她一直都不相信，她很清楚，就在那個放學不回家的下午，一條不安定的鍊子開始成形了，那次的事件正是串成這條鍊子的第一顆珠子。把他送進行為矯治中心的時候，她私心希望他可以無限期留在那裡。「好，讓我們來探討一下妳為何有這樣的想法，曼儂太太。」中心的一個醫護人員像問口供似地逼問她，態度傲慢冷淡。聽到她說那只是她心裡的感覺時，立刻嚴厲斥責了她一頓。他挑明著說，這個中心是觀察研究及蒐集個案病歷的地方：就這方面來看，吉伯特表現不錯，更沒有留置他的理由。院方給的說法是，她的兒子有這樣的媽媽何其幸運。她的角色，那個倨傲的醫護員堅持，責無旁貸，畢竟她就是個母親。

十一月二十一日，一個星期二晚上，吉伯特照常幫忙清洗碗盤，之後他表示要開車去公牛酒吧。跟平常一樣，他把地點詳細告訴了母親：在上里治蒙路和席恩巷的轉角口。

「我不會待太久。」他說。

九點鐘的電視新聞上，出現一張攝有凱洛．迪克森陳屍位置的照片，裡頭有凌亂的枸杞樹叢和枯葉堆。接著是凱洛的母親，現身懇求目擊者勇敢站出來，話才說到一半便整個人崩潰；鏡頭停留在她悲痛的臉上。

羅莎莉坐在那兒，拿起遙控器關上電視。一時間她甚至想不起昨天晚上吉伯特有沒有出去過，過一會兒才想起來，他有出門，而且回來得比平常早。這些新聞節目，不管是收音機裡或者電視上的，總是讓她心驚肉跳。看見哪裡有人縱火，哪戶人家的孩子被人誘拐，或者哪間超市的嬰兒食品罐頭裡被發現有碎玻璃，心驚肉跳的感覺就會一湧而上——她會趕緊估算，要是時間地點都對不上，才會鬆一口氣。在還沒習慣這種感覺之前，她不只一次地倒在床上全身哆嗦，拚命壓制那排山倒海而來的狂亂。在他第二次寄風景明信片回來時，那個老愛捉弄她的電視螢幕上，正播著一家燒毀殆盡的舞廳，布萊登停車場裡躺著十四名用毯子覆蓋著的罹難者。又有一次，在跨海渡輪上的火災——新聞猜測那也是蓄意縱火——就發生在吉伯特宣稱要開車四處走走的四天之後。哈利法克斯房貸互惠銀行分行遭一名持槍者搶劫，歹徒將手槍留在櫃檯上，事後發現那是一把水槍，事發當時他也不在家。一名老婦人在她住的國宅裡被人綁在椅子上，只被偷取了一個鬧鐘，案發當時他又不在家，那件事令羅莎莉想起了那些茶匙、蛋杯和削馬鈴薯皮的刨刀。或許他冒過的險多少有點運氣成分，但她確信這跟膽量有關：他不會讓自己陷入險境，他有一套在魯莽行徑中求活路的方法，還保持有緘默的權利。他就是不會被抓。

昨晚他回來得比平常早，可她還是忍不住開始估算。算來算去也算不出個所以然。一看到發現屍體的地點，督察長眼裡的疲憊和困惑，她知道這案子難了；幾個星期，甚至幾個月都不會有進展，這宗罪行最後很可能就此無解。她也知道即使進了吉伯特的房間，也不會找到一片枸杞葉，更不可能有那女孩衣物上的碎片。吉伯特的身上不會有任何抓痕，衣服不會有任何撕裂，那輛斯柯達汽車上更不會有半點血跡。

從來沒人說起過羅莎莉的失婚是因為吉伯特，可是離婚十六年來她不免懷疑或多或少有這個可能。是不是早在當時——吉伯特才九歲的時候——她就已經被這糾纏不休的恐懼給毀了，變得無趣、呆滯，整個人教一種無形的執念掏空了？這些東西從來沒人提起過，另外一個女人才是主因：一場不可抗逆的婚外情才是公認的說法。

羅莎莉反倒以為是這場不可抗逆的婚外情收拾了早已存在的爛攤子。當時一直都隱藏著——就像一個暗藏在某特定石塊底下的東西，剛出現的時候沒人察覺它的危險——但卻是真正的起因。後續的事故更強化了這個想法。離婚後，身邊不乏喜歡她的男人，上劇院，吃大餐，頻頻示愛。到最後卻總是無疾而終，警惕的心思總是悄然生起。她努力不提起她的兒子，可是她知道他就在那裡，恐懼的感覺藏也藏不住。這感覺加深了她的孤獨和焦慮，令她心力交瘁。在布店裡，當周遭的人都在說那件事有多可怕的時候，她的手總是不禁顫抖著。

「我幫妳帶了一份《旗幟晚報》。」吉伯特笑嘻嘻地看著她說。從酒吧裡順手拿份晚報回家是他的癖好。他常常玩這個遊戲，注意那些看晚報的人，猜想著哪個人會把報紙留下來。他從來不自己花錢買報紙。

「謝謝你，親愛的。」她也回以一個笑臉。我相信吉伯特一定偷了輛車子，她寫信告訴他的父親，他一收到信立刻打電話過來，一句話也不插嘴地仔細聽她說完。可是他認為，他的口氣非常溫和，那些都只是她的猜測和懷疑，沒別的。

「有蛋糕嗎？」吉伯特說。「吉卜林先生[22]的？」

她說廚房裡有一塊，就裝在花街巧克力的鐵盒子裡。

「茶呢？」他再問。

她搖頭。「不了，今晚不喝了，親愛的。」

他沒走開，反而跟她聊起小酒館裡的事情。他喝了半品脫的蘋果酒，觀察店裡其他酒客。兩個女孩子巴在一個留八字鬍，年紀大她們一大截的男人身上。那兩個女孩喝醉了，尖著嗓門笑鬧。其中穿白點紅裙子的一個，裙襬往上縮得老高，吉伯特看見了她的底褲，藍色的。

「好好笑，」吉伯特說，「她根本無所謂。」

22 Mr. Kipling，英國和愛爾蘭的老蛋糕品牌。

她看見旗幟晚報的頭版上，一張凱洛・迪克森的照片占了大半頁，不算特別漂亮的女孩，抿嘴笑著，淡金色的頭髮。她早該料到他會帶晚報回來；只要心裡想著就會成真。「妳是個很有想像力的女人，」她曾經請教過的一位專家，當時一面撥弄著桌上的文件，一面對她說，「對於這類的病例別想太多，會比較實際。」

酒館裡還有一個過來煩他的老頭子，他說。「今晚忙得很哪。」那老頭說。

吉伯特表示贊同，略微挪動一下位子，想看清楚那兩個女孩，那老頭仍擋著他。

「抽菸嗎，親愛的？」老頭遞過一包金邊臣（Benson & Hedges）香菸。

她總是會繼續往下猜，羅莎莉時常這麼想：下一步是什麼，他會用什麼方法不去提到晚報頭版上的那個女孩？她內心的惶恐會慢慢凝結成團，嘴巴乾渴到連說話都困難。

「後來我攔下一輛警車，」吉伯特說，「『那個老玻璃今晚又出來了。』我告訴他們。沒辦法，我是不得已的。」

他注意到有輛警車在巡邏，他說，所以他把車彎到它前面，打了個手勢。「我跟他們說現在立刻趕過去他一定還在那裡。他們把他對我說的話，說話語氣和所有細節都記了下來。他們認同我說的，那些下流骯髒的話確實是違法的。他們真的很好。我向他們說明之所以報案，是因為我怕萬一下次又換成別的年輕人。他們覺得有道理。他們已經把那個人登錄起來，雖然今晚不會去逮他，不過已經做了紀錄。對這種人他們可以提出警告，也可以拘提，要是再有人提告的話。我隨時準備提出告訴，因為這種行為會對無辜的孩子造成傷害。我就是這麼說的。我說他用這種口氣對我說話已經不下八、九次了。他們同意我的說法，他們也認為人本來就應該有安安靜靜喝一杯的權利。」

「昨晚你沒有再跑出去了吧，親愛的？」

「**昨**晚？那老玻璃是今晚——」

「不。我說的是昨晚。你回來得很早，對吧？」

昨晚沒來由的頭痛，吃完晚飯她就上床了。不過她聽見他進門，那時頂多不到九點一刻，絕對不到九點半。她在十點左右睡著；隱約記得睡著前還聽到電視的聲音。

「昨晚是《夜長夢多[23]》，」他說，「不過那種情節根本不可能發生在英國。太沒道理。快捷影印公司的一個女孩說這部電影很偉大，我倒覺得很糟。我說那根本不合常理，把一本原著改成那樣真蠢。」

「是啊。」

「那女孩是西印度群島的人。」

羅莎莉微笑點頭。

「真可笑，居然說它偉大。這觀點太好笑了。」

「或許她不知道有原著小說。」

23 The Big Sleep，美國推理小說家雷蒙·錢德勒的作品，於一九四六、一九七八年兩度搬上銀幕。

「我說了，也跟她解釋了。她還是一直說很偉大。那些西印度群島的女孩就是那樣。」

某些時候，在他說個不停的時候，她會覺得他像個不存在之人的影子。他口中那些似是而非的論調聽得她好累。那會不會是一種刻意的行為，今晚他跟警察對話這件事？他會不會是在向這個想要剝奪他權利的世界挑戰？她常常覺得他那看似毫無目標的生活其實充滿了目標。

「我來泡茶，」他說，「今晚真的很冷。」

「我不喝，親愛的。」

「快捷公司的傢伙說他擋風玻璃上的抗凍劑結凍了。不過他的話要能信才有鬼。**大話王**湯姆斯，他們都這麼叫他。他說他喜歡紙的味道，他會吃紙袋和硬紙板，只要是紙做的。妳信嗎？相信也無妨啦，其實。」

「我不信，我敢確定他沒吃。」

「天生的，真夠可憐啊。我確實看到他一直在嚼東西，但那可能只是口香糖或太妃糖。」

他去泡茶了。她瞪著沒有影像的灰色電視機螢幕，呆坐著。他的父親早在婚姻崩盤以前，就發現自己沒辦法愛他。這事從來沒人提起過，但這是事實，她知道。不知為什麼，他就是不能激起旁人的愛心，甚至連做父親的都不能。但是，每次一提到應該把他安置在哪個研究觀護中心的時候，她就傷心透頂。而當她懇求某個觀護中心收留他卻遭拒絕的時候，她也同樣傷心欲絕。敏感是他獨有的本性，她在這方面卻沒有應付的能力，也無法給他周全的愛。她能做的只有傾聽，聽他瞎說八道，留意著別讓那些他受不了的羊毛製品貼近他的皮膚。被他擱下的那幾個員警肯定會說他精神有問題。快捷公司裡的人也會這麼說。

「你全部看完了？」他端著托盤走進來，她問。「那電影這麼可笑你還是把它看完了？」

「什麼電影？」

「《夜長夢多》。」

「那電影真的很爛。」

他打開電視。政客們在談論羅馬尼亞。他的五官被螢幕亮光照得五顏六色，沒有任何表情，看不出喜怒哀樂。他很認真服藥。「別擔心，」她曾獲得這樣的保證，「只要按時服藥，絕不會有事。」

火燒舞廳那次，她以為再也見不到他了。她以為他不會回來，以為最後所有問題都會一一浮現。她想著，等著，一天過一天，卻什麼也沒發生；然後，一定就在某個意想不到的地方，他被捕了。結果呢，他卻回來了。

「吉卜林先生的夢幻蛋糕。」他遞上冰鎮過的蛋糕說，蛋糕依然裝在紙盒子裡。她搖搖頭，他給自己倒了茶。

「他嚼的絕對是口香糖，」他說，「絕對。」

如果他昨晚後來又跑出去了，她應該會聽到車子發動的聲音。那車子會吵醒她。她一定會提心吊膽地睡不著覺。她會打開床邊的燈，等啊等，等到聽見車子開回來。就算他一進門就又出去，那也得開得飛快才能趕在警方指出的九點五十五分到達倫敦的那個地區；九點五十五分，因為那女孩跟朋友道別的時間是九點五十，走回家的路程只有七百碼。他把《旗幟晚報》帶回家很正常。他之前也提起過那個騷擾他的老玻璃：只是今晚剛巧有一輛巡邏警車經過。

「難看死了。」他說著，轉換了頻道。他的手很纖瘦——很細緻的一雙手，比她的手大不了多少。他無暴力傾向。「不要！不要！」從前他見她拍死一隻蒼蠅，他會如此大喊，現在偶爾還會。在那些逞強耍狠的行為裡，他從沒有使用過暴力——譬如拒絕翻開課本，在地下室過夜，不花一毛錢就到手一輛摩托車。沒人敢否定，在他的瞎說八道底下蘊藏著機智。也沒有人會否認他雖然舉止怪得讓人受不了，但是其中絕對沒有暴力。

「嘿，妳看。」他突然大叫一聲，把她的注意力拉到電視上胖子假日營裡的那些大胖子身上。他大聲笑著，她想起他們第一次讓他看電視時，他的小臉蛋。人們都不要他。他的父親，整個醫療團隊，那個社工，那些他想跟他們做朋友的人：所有人都太快棄他於不顧。他在建築師事務所裡很痛苦；不管在哪裡都很痛苦。

「真可怕，」他說，「胖成那樣。」

接下來又是報新聞，在第三頻道，他靜靜地坐著——那可怕的靜默讓他安靜下來。螢幕上凱洛．迪克森的臉就跟報紙上的一個樣。她母親徹底崩潰，督察長在說明案情：一再重複的畫面，了無新意。

她看著他專注地盯著螢幕，彷彿被催了眠似的。他仔細認真地聽。新聞結束，他走去拿起《旗幟晚報》。看著報紙，忘了他的茶和蛋糕。她關上電視。

「晚安，吉伯特。」見他站起來準備去睡覺，她說。他沒有回話。報紙在他椅子旁的地板上，凱洛．迪克森的臉攤在眼前，仰看著。她想起他第一次鬧失蹤，回家後站在那裡的模樣，靠在廚房門邊，眼光默默地跟隨著她。他開斯柯達汽車回來那次，她曾想過報警。找個富有同情心的老警官說明原委，求他幫忙。最後當然沒有。

現在，她也可以撥999。或明天直接去趟警局，開頭就先道歉，只希望求個心安。但她知道，這些想法不過是虛偽作態罷了。她在他出世前是擁有他的。她曾感受過他的小嘴用力拉扯著她的乳房，當時那樣無助的一個小東西，如今竟長成了完全左右她，令她全然孤立的一個人。她的恐懼造就了他，壯大了他的力量。他有感覺的，就在他初次看似無意地研究自己手掌的時候，感覺到了母親不安的直覺。在他把廚房裡的東西藏在找不到的地方時，在他放學不回家時，在他跟社工大談影印技術時。他知道這些病態的想法會反覆出現，煩擾會以緩慢熟悉的步伐周而復始。斯柯達汽車是偷來的，就停在屋外，成為一個永遠的提醒。

她知道自己會一直坐在這裡，他扔在地上的那張凱洛．迪克森影像隔了一碼遠，看不太真切。她不想睡，因為睡著表示會醒來，屆時現實又會來糾纏。她該做的只是接受：他不正常，當初是她決意要生下他。沒有誰會理解他存在的奧祕，以及那流不下來的，屬於他們倆的淚水。

馬鈴薯販子

只要給錢，莫若威就願意娶她，艾莉的舅舅說：她不能把一個沒有爹的孩子帶到這世上來。他不管現今是怎麼個做法，也不管現下時興些什麼，他就是沒法忍受旁人說長道短。「莫若威，」她叔叔重複一遍，「妳知道我說的這個莫若威是誰嗎？」

她不太知道。腦子裡有那麼點印象，一張四方大臉，黑頭髮，下唇叼著根菸蒂；不管對一件事同不同意，口氣總是慢吞吞的，一對小眼睛利得像根刺似的。莫若威是個賣馬鈴薯的。一年上農莊來一次，他那輛老貨車嘰哩喀啦地開進了院子，再退到為他準備好的馬鈴薯堆那兒。有時候他一邊檢查馬鈴薯還會一邊搖頭，說個頭都太小了。他在耍花樣，艾莉的叔叔一口咬定。滑頭，她叔叔說。

「我跟妳說一件事，姑娘，」她鼓足勇氣表示反對的時候，舅舅說話了，「妳記住：要是不按我的話去做，妳就不能再住在這兒。現在時興什麼都沒用，小姑娘。人言還是可畏啊。」

地方上，人們都稱呼他拉里西先生，很少叫他的教名，約瑟夫。艾莉也從不叫他「約瑟夫舅舅」；「舅舅」二字偶爾會說，但不常，因為這兩個字難免流露著這層關係中所沒有的親密感。她只認他做拉里西先生。

「妳就一個選擇，姑娘。」

她母親——她舅舅的妹妹——沒吭聲。對於莫若威這個話題，她母親沒開過一次口，艾莉知道她完全同意這個說法，也隨時準備接受這個辦法。她令她母親失望透了；她令她這麼難堪，她母親何必還在乎什麼情況？事情整個亂了。在這農舍的廚房裡，她母親和舅舅想的都是同一件事。

她舅舅，一個衰老的男人，過去沒碰過這種麻煩事。他不會原諒她，絕對不會：他是這麼說的，艾莉知道那都是實話。自父親死後，她和母親只好過來這裡，不情不願地跟著他一起過活：在他看來就是這樣，儘管煮飯打掃的事全由母親一肩扛起，儘管艾莉打從十一歲開始，每到夏天就去田裡幫忙，收雞蛋，洗雞蛋，餵豬吃飼料。她舅舅沒結過婚；如果一九七八年，當時艾莉五歲，她和母親沒搬到農場來住，他必定還是一個人辛勞地過日子。

「妳自己選擇，姑娘。」他又在發話了，在這農舍的廚房裡，一遍又一遍重複著同樣的話。他就是這副德行，艾莉的母親經常說，打一輩子光棍的男人有時就是這樣。

最初，兩個星期前，他說外甥女應該自己做個了斷，雖然這有違教義。她母親拒絕了，可是後來想想，如果這不是唯一的路——這條路別的女孩早走過了——是否還有其他方法？她們可以離開這兒把這事悄悄地了了，也可以去高威堂兄弟那兒，神不知鬼不覺地。可是艾莉，她有她的氣魄，雖然羞恥、痛哭，卻不同意這些做法。過去兩個星期她流著淚，無數次告訴自己，她一定要把孩子生下來。

就因為愛著孩子的父親，艾莉早已愛上了這個未出世的孩子。如果他們要趕她走，如果她必須到處流浪，在摩里格拉斯或其他城鎮找工作，她也願意。但是艾莉不想這麼做；她不想過身無分文的日子，那樣會危害到生產。在她懷了孩子那一刻起，她就打定主意絕不那麼做。

「莫若威。」她舅舅又開口了。

「我知道他是誰。」

她母親坐在那裡，盯著廚房餐桌上經年累月留下的刮痕。她母親已經把話都說盡了：羞恥、丟臉、下賤，大家背過身子都會這麼說，妳的付出、妳的犧牲換來的就是這些報答啊。「現在誰會要妳？」她母親不只一次地問她。

「聽仔細了，我可沒說莫若威肯答應。」艾莉的舅舅說。「我可沒說他一定願意。」

艾莉不說話。她離開廚房走進院子，院子裡的火雞呱呱地朝著她奔來，以為她又像平常一樣來撒吃食了。她走過牠們，穿過通往屋外的黑鐵門，屋外那一塊兩英畝的畸零地，是她舅舅手上最差的一塊土地。遍地是豬草和金雀花，大大小小的石塊隨處可見。這是她最愛的一塊地，或許因為她總是聽人家在咒罵它，小孩子對這種事特別容易難過。「好啦，妳看，現在這裡多漂亮！」她那未出世孩子的父親說，當時她向他傾訴著對這塊畸零地的心情。也就在那時候，他說真希望從小就認識她，他要她把過去的事全講給他聽。

剛聽說這事時，莫若威假裝很反感。他並沒表示異議，那不是他的作風。不過為了表現人格受到冒犯，他特意垮下嘴角，就像平時他手裡拿著一顆馬鈴薯，嫌它大小形狀不對，一個勁搖頭的樣子。菸灰不住地落在他襯衫的前襟上，土黃色的開釦羊毛衫敞著。天氣很暖，襯衫領口也敞著，貼著脖子的地方露出一道汙垢。

「嗯，真是怪事一樁。」莫若威說，他假裝出來的反感很快消失了，取而代之的是令人反胃的幽默。

「數目很可觀啊。」拉里西先生說。他並不說出擱在心裡的數字，莫若威也不問。他也不問孩子的父親是誰。他用順便提起的口吻說，他正在跟一個巴利納來的女人約會，那女的打算在摩里格拉斯長住，是裁縫師的助手；可惜這消息沒引起注意。

「我只是覺得你對這事兒可能會有興趣。」拉里西先生說。

兩輛車子就停在馬路上，生鏽的福特跑天下[24]，和莫若威的貨卡，兩輛車靠駕駛座那邊的車窗都搖了下來。莫若威遞一根菸，拉里西先生接了過去。看上去像準備把車開走，他一手搭在排檔上，說他只是覺得這提議挺有趣的。

「數目是多少？」莫若威點上香菸問。有人在按喇叭，這兩輛車把路給堵住了。兩人根本不在意：大家都是街坊，在地人，這條路等於是自家的，陌生人管不著。

錢的數目透露了以後，莫若威當然知道不能動聲色，不管他同意與否。這事得仔細考慮，他說，要是能加減再多給一些，他會好好從長計議。

艾莉的母親對這件事的前因後果很清楚：她哥哥可以從中得利。這筆錢全數由她來出：用存下來的保險金，就是一九七八那年意外事故的賠償金。她哥哥真心希望從這個馬鈴薯販子身

24 Ford Cortina，福特汽車出產的一款車型。

上得到些好處；打從提出莫若威這個人的一刻起，他就已經看出其中的好處。一開始發現外甥女懷孕的事，也許和她一樣，感到羞恥和荒唐，然而他卻又把情況參了個透：這就是他的行事作風。她早就知道她哥哥一心指望艾莉日後能嫁個合適的年輕小伙子，一起住進農舍幫忙農事，減輕他的負擔：如此一來，撫養他妹妹和外甥女的這筆債才能得到償還。不料出了這麼一樁大災難，現時年輕小伙子的事是沒得盼了。現在希望就在這個莫若威身上，她哥哥估計這莫若威同樣可以減輕他的負擔。一個中年的馬鈴薯販子雖不盡合意，倒也聊勝於無。

艾莉的母親，容貌與她哥哥相像，一樣的瘦臉，一樣的憔悴，她時常想起小時候他們倆生活在這棟屋子裡的情形。他們一家是街坊上出了名的虔誠教徒，從來不缺席彌撒，到了星期天全家就坐上馬車前往，後來改坐汽車，翰隆神父和後任的神父都對他們的虔信讚譽有加。拉里西是受人尊敬的家族，苦幹實幹，不喜權勢，也從不自誇自擂。她和她哥哥謹守教誨，自小到大從不敢違背這些傳承下來的道德風範。

如今，竟發生這殘酷的意外；就這對兄妹記憶所及，在這棟農舍裡從來沒有意氣消沉這種事。收成不好時奮力維持溫飽，收成好時，同樣在亂石成堆的地上辛勤耕作，從不消沉喪志。生活中的逆境是意料之中的事，也是一個家族必然的宿命。

同樣的，當她丈夫出了意外，艾莉的母親回到現在屬於她哥哥的這棟老屋，也是意料中的事。當年她四十一歲；她哥哥四十四，那時她哥哥已獨居了兩年，因為兩年前，他們的雙親在六個月的時間裡相繼過世。那時他並未邀她回來住，雖然按情理這是理所當然的事。她知道哥哥始終認為她應該知恩圖報，小時候在分玩具的時候他就這副德行，老堅持自己應當分得比她多。

「我見著莫若威了。」兩人在路上碰面的那天他說。他那張不苟言笑的面孔已經表明了成果。

莫若威的貨車就快跑不動了，車款卻還沒付清：再過不到六個月，他就沒辦法繼續做生意。當那個提議出現的時候，他想著的就是這件事，之後這個念頭再也揮之不去。他在麥克修兄弟公司看中一輛車，里程數是三萬一，議價後價差可以到好幾倍。至於他說對巴利納來的女裁縫有興趣一事也並非完全空穴來風，最近真的遇見過，是個斜視，她來摩里格拉斯幫忙杜米太太裁剪縫紉。莫若威不很清楚她是不是很有錢，只聽說她加入了杜米太太裁縫店的生意。他從沒跟她說過話，連寒暄也沒有，不過跟拉里西先生交談之後，他特地打聽了一下，從傳聞中發現，那女人不過是拿點微薄工資，受雇於杜米太太而已。因此，莫若威便仔細地算計起跟拉里西家聯姻的利害關係。

「屋裡有你們住的地方，」這是當時他聽到的，「這要比你們住在外面好得多。而且那間大穀倉足夠你存放馬鈴薯了。」

這倒能省下不少日常開銷，莫若威思忖著，聽到這些話，他閉上眼睛吐著煙。他不置可否，等著更大的誘因。果然來了。拉里西先生說：

「再說，總有一天我會沒力氣再管這些土地。總有一天，我會走的。」

拉里西先生空手畫了個十字。他不再多說，就讓這套有關土地和生死的說詞懸盪在沉默之中。接著，他偏過頭比了個道別的手勢，開車離去。

他願意娶這女孩，莫若威最後決定，就在他弄清楚那女裁縫的底細以後；他決定出讓他的家產，暫且不急，等到有好價錢再脫手。他一點也不急，反正已經踩進了拉里西先生的門戶，糧倉庫房和一輛好車都有了。再說，要是稍微照料一下那些土地，時候到了還不都是由他繼承。這事可以立個字據；可以請摩里格拉斯的布朗尼代擬。

路上交談過了八天之後，兩個男人握了握手，一如平常買賣馬鈴薯的規矩。再過三個星期，婚禮舉行了。

艾莉母親私下有個看法——這看法她決計不會讓女兒和哥哥知道——她認為莫若威出現在這屋子裡，無疑是這樁罪孽的一個報應。當那件讓她成為寡婦的意外發生，她看見那支離破碎的身體癱在那兒，沒了氣息的時候，她並不覺得那其中包含著懲罰，這懲罰既是衝著她也是衝著她的男人而來的。他這輩子幾乎沒犯過什麼差錯；事實上，他總是存善念，做善行。她自己也沒做過什麼太出格的事，頂多一些小失誤而已。可是，如今她女兒和這個馬鈴薯販子的婚姻卻是罪有應得，這罪可有得受了。

他們給了莫若威一間臥室，裡面有一張床和一個櫃子。他們沒給，他也沒提過的，是行使婚姻生活的權利。他無所謂，**那方面**的事他也沒興趣；既沒提出過，也不在計畫之內。他反倒天天都去勘查那些日後將由他繼承的土地。起初是趁沒人瞧見的時候，在上面得意地走走，後來開始認真辨認那些需要噴灑農藥的雜草，檢查排水系統。他想像著有朝一日，自己不再是個東奔西跑的中間人，日日忙著便宜買進馬鈴薯，再轉手賣出賺點蠅頭小利，那輛靠嫁妝得來的貨車以後也不需要了。這幾畝薄地上有的是馬鈴薯，到時不必花錢買進就可以賣出了。只要有錢賺，莫若威不怕辛苦。

莫若威聽到第一聲哭聲後，產婆便在農舍的樓梯口叫人了。拉里西先生倒了一小杯威士忌，這酒放在壁櫥裡，是以防屋裡有人牙疼時用的。他妹妹待在樓上的床旁邊。產婆說是個女孩。

一年前，最先知道始作俑者的人是拉里西先生，而不是他妹妹，是拉里西先生發現這孩子的父親就是夏季來到鎮上的神父。他在燒完麥稈回家的路上，看見外甥女跟一個男的走在一起，從兩人走路的姿態，看得出他們有某種親密的關係。所以得知外甥女出了狀況，他雖然惱怒，卻不太意外。

莫若威，緊緊握著威士忌酒杯，嘴唇微微帶笑，他從沒想到這個孩子的誕生竟會讓他體驗到剎那間的幸福感；他也沒想到頑固的拉里西先生竟也會受到感動，還請他喝威士忌。生產的事，他想過，也許會在他去田裡幹活的時候發生。等他走進廚房時，由他們口頭告訴他。現在，同樣是在廚房裡，卻充滿一種近乎慶賀、得意的氣氛，這個安排果然不負所望。

就在兩個男人的頭頂正上方，艾莉的母親正照著產婆的指點處理胞衣。她看著被從母親懷裡抱過來，在床邊搖籃裡睡著的嬰兒；看著經過一番掙扎、精疲力盡的女兒，也閉上眼睡了。

孩子受了洗，教名是瑪莉．約瑟芬——名字是由艾莉的母親取的，艾莉沒有異議。莫若威扮演了他分內的角色，把嬰兒抱在懷裡站在洗禮台邊上，為了這個場合他還特地買了一身新衣服。沒什麼人質疑他是嬰兒父親這件事，雖然懷孕在先，結婚在後，這也是常有的事。對於這樁婚姻確實有那麼一點意外，但也還說得過去。

艾莉淡定接受事實。她不大流連過去那段夏日戀情，只希望將來能像眼前這樣就好。那個夏日曾愛過她，而她至今仍深愛著的那個教區神父，不會奇蹟似地再回來了。他甚至根本不知道，她已為他生了個孩子。「不可能了。」他們躺在現在已成了馬鈴薯田的草地上，他說。「絕不可能了，艾莉。」她知道不可能：神父終究是神父。從今往後，他彷彿為了補償般地承諾，這輩子他再也不會有這樣的愛情了。「我也是。」她熱切地以這誓言回應，他並沒有要求她如此，甚至要她別這樣，她應該過回正常的生活。「不，我也不可能了，」她重複著，「我也是這樣的感覺。」在知道有了孩子的當下，她覺得那就像一份禮物，一分滿足，甚至幾近一分寬恕，對於他們倆夏日裡犯下的罪孽。

歲月荏苒，孩子會走路和說話了，也生過大大小小的病，漸漸有了自己的喜好，個性中有些東西不見了，有些東西頑強地留了下來。艾莉眼看著她的母親和舅舅老了，這孩子讓他們又回想起當年兩人住在這棟農舍裡，那段處得不甚和睦的童年時光，那時候他們就跟這孩子一般大小。莫若威，對於什麼鄉愁，或觀察旁人變化之類都沒興趣，他只在乎增加馬鈴薯的產量。就像拉里西先生一樣，他也抱著能生下一個男孩的希望，因為男孩子日後更好用，不過他從不抱怨這件事。拉里西先生的活愈幹愈少了，一到冬天便老坐在廚房裡，傍著艾賽克牌的火爐取暖。至於艾莉的母親，歲月並不能改變她的想法，她還是覺得這個買來的丈夫就是女兒一輩子的懲罰。

農場和農舍裡的日子就如此這般地過著。一張妥協和包容織成的網，努力維繫著這個家。只有那孩子懵然無知，既不知道做她父親的人是買來的，也不知道她舅公為此而得益，她不知道外婆是在為罪有應得而認命，更不知道母親還在為那段不倫的夏日戀情信守不渝。一個十歲孩子的世界裡有太多的事要做，光是書本就要比一年前讀得多且快，她忙著認識黑爾格蘭島[25]的位置，忙著背誦〈金星號殘骸〉[26]。

不料，這一家子的平靜再次被攪亂了。艾莉當時只稍微意識到某些內在的不安，也不清楚

25 Heligoland，德國小島，二戰時英軍想要摧毀的軍事重地。

26 The Wreck of the Hesperus，十九世紀美國著名浪漫詩人亨利・朗法羅的敘事詩。

這源頭從何而來，她以為很快就會過去。結果非但沒有過去，反而變本加厲：她孩子最初那十年安穩適意的日子，莫名其妙就不再了。為了尋找源頭，她仔細思索所有發生過的一切。她不想帶著沒有父親的小孩四處招搖沒有錯，同意這門婚事也沒有錯，思前想後，她實在看不出如果不這麼做還能有什麼選擇。祕密保住了；這裡面沒有半點後悔的意思。衝激她的是一種迥異於後悔的情感。她的孩子帶著屬於孩子的天真向她笑著，那笑容使她想起了另一張有著相同特徵的臉，不是很清楚，也不是很明確，這些東西是在這農舍裡新冒出來的，她不知道再一個十年之後會是什麼樣子。她的孩子現在不知道，往後也不會知道。她永遠不會知道自己的出生竟然伴隨著金錢交易。她永遠不會知道，在另外一個地方，她的父親是在寬恕別人的罪孽，在莊嚴的贖罪儀式中獻聖禮的人。

「妳拿得動嗎？」艾莉的丈夫問，她把一包包馬鈴薯搬上磅秤，中間稍微停下來歇口氣。

「可以的，沒事。」

「小心點，別太勉強自己。」

他總是充分展現出善意。她身子很健壯，不過這活實在不適合女人，她嘴裡不說，心裡是這麼想的。結婚以來，他們倆從沒吵過架，甚至連一點點的爭執都沒有過。他們的關係簡直就是屋裡那對兄妹關係的翻版。

「賣相都挺好，克爾斯種的。」他指的是他們在搬運的這些馬鈴薯。「今年收成不賴。」

「確實很好。」

懷這孩子之前和之後的每一天，她都愛著孩子的父親。她做的告解和那個神聖的受洗禮都是假的，每當孩子天真無邪地笑著，那醜陋的黑色謊言就出現了，變相的懲罰。起初並不覺得什麼，因為孩子還不懂事。

「我要收工了。」艾莉說，她把準備封口的麻袋數量在本子上登錄完畢。「我去喝口茶。」

她母親身子不適，在臥房裡躺著。平常三餐都由她母親負責料理。

「去吧，艾莉。」他說。他仍舊一天抽四十根香菸，這是他人生的嗜好，他賺的錢小部分就花在這上面。他不買衣服，自從買了洗禮穿的西裝之後，另外就兩三件襯衫而已，他甚至奇怪艾莉和她的孩子為什麼需要那麼些衣服。他是吝嗇出了名的；在商場上，這個特質替他得了不少好處。

「呃，我起來了。」艾莉的母親在廚房說，餐桌已擺好，飯菜也在準備著。「我不能一直躺著。」

「妳好些了？」

「應該吧。」

拉里西先生在水槽邊沖洗手上沾的肥料，拚命抹著肥皂。院子裡傳來孩子的叫喊聲，正在跟那個充當她父親的男人說話。孩子剛忙完她的每日例行任務回來：每天黃昏她得負責讓那幾隻小公牛有草吃。

那曾經有過，如今仍在的愛——原本應該是滋養著這個孩子，溫暖她身心的愛——全被剝奪了。艾莉始終不能忘情於給了她孩子的那個男人，孩子是情人給她的一份禮物，艾莉仍記得他那雙溫柔蒼白的手，仍聽得見他的細語低喃，他的唇依然與她纏綿。她看見他仍像朝思暮想的模樣，穿著法袍和法衣，那繡著的十字架，隨著他祝禱的手勢一遍遍顯現著神的感召。他的眼睛仍然是一抹深沉的灰藍，他的五官仍然優美細緻。為什麼一個孩子就不能也擁有一絲絲對他的想像？為什麼非要隱瞞真相？

「妳都對他們說了，是吧？」她說出自己的意願後，丈夫問她。

「沒有，只對你。」

「我不會讓那孩子知道這事的。」

他在馬鈴薯的棚子裡轉過身，把一整袋馬鈴薯扛上貨車。她內心很不安，她說，事情這樣發展，讓她愈來愈難受。這種感覺來得不是沒有理由，尤其在彌撒和夜晚祈禱的時候最濃烈。

莫若威沒有回答。他從來也不識那父親的長相。一個逃跑的傢伙，當時拉里西先生是這麼對他說的，就因為牽扯到一個神父，拉里西先生認為更加可恥。「莫若威沒必要知道這些。」艾莉的母親明示過她，她也一直恪守著。

「絕對不可以。」莫若威說著，手裡的活並沒有因此停下來。「當初講好了不讓孩子知道。」

艾莉於是提起了神父；她丈夫沒吭聲。他扛完了馬鈴薯，點上一支菸。這太令人震驚了，他撂下這麼一句，腳步沉重地走出了穀倉。

「妳瘋啦，女兒？」她母親正在廚房的流理台切捲心菜，猛地轉身罵她。拉里西先生也在場，他叫她別做蠢事。跟一個孩子講這些事有什麼好處？

「妳給我講點道理好不好。」他發急地說，他已經氣到發昏。

「妳造的孽還不夠嗎，艾莉？」她母親臉色鐵青。「妳把我們害得還不夠嗎？」

一小時後莫若威走進廚房，他猜到他們說了些什麼，他不作聲。他坐下來等著擺到他面前的飯菜。自從接下這項安排以來，這是頭一次在屋裡公開談起那件事。

「到此為止。」艾莉的母親下了結論，這個總結對艾莉和莫若威都好。「以後再不要聽到這事了。」

艾莉不答腔。那天晚上她告訴了她的孩子。

人們都知道了，大家都在談論著。十年前的事突然成了令人興奮的新鮮話題。回籠的記憶開始反覆搜尋著那個曾在夏日來過又離去的神父，他的長相，他的名字。穆尼神父，翰隆老神父的接班人，私下找艾莉談過話，對於她「如此輕率」地披露感到十分遺憾。

蒙主聖恩，他說，在十年前便已對這件不體面之事謀得一個權宜的法子。對此應該感恩才是，真不該發生眼前這樣的情況。艾莉解釋，每次看著自己的孩子，她就感到強烈的內疚，因為這是莫大的欺瞞。「她的人生就是一個謊言。」艾莉說。但是穆尼神父疾言厲色地說，這不是她該說的話。

「妳曾經做出違背倫常的事，」他怒斥，「現在又重蹈覆轍。」他瞪著她，眼神中明白表現出她不適宜做他教區裡的人。他叫她反覆誦念萬福馬利亞，以謙恭和日日祈禱表示懺悔。

艾莉卻覺得心頭的大石卸下了，她對孩子說，即使現在很難受，一段時間之後所有困難都會幡然離去的。

莫若威有得受了。他僅有的些許尊嚴都粉碎了；他不敢想，也不想知道人們都是怎麼說的。他只顧忙田裡的活，播種收成，澆糞施肥，去摩里格拉斯存支票。影響他的不只是農舍裡低迷的氣氛，更令他擔心的是，人們知不知道他在這屋裡始終獨自睡一間房，他從來沒有跟這位年輕又倔強的新娘好好親熱過。婚後這些年他體重增加不少，在事實被抖出來之後，情緒大受影響，更加暴飲暴食，胖得不像話。

他喜歡那孩子，一直都很喜歡。知道她的生父是神父之後，依然喜歡她，這分喜歡已植入了他的心裡。孩子對他的態度也沒有變，放學回家照舊立刻奔向他，吱吱喳喳地對他訴說那天學校修女們的事情，哪個脾氣壞，哪個和藹可親。他也依然仔細地聽，偶爾停下手邊工作跟她說上一兩句。他依然會講些過去四處做買賣時經驗過的小故事：他自小就開始做馬鈴薯的生意，第一次給父親做幫手的時候才十五歲。

在農舍裡，莫若威卻變得沉默了。他鬱悶，心裡怪罪的不只是他的妻子，還有那兩老。他們騙了他。他們既然對一切知情，就該預料到會有這麼一天。這孩子跟了他的姓。大家管他老婆叫「莫若威太太」。如今他成了一個笑柄。

「我不記得那個人。」大約一年過後，九月裡的一個早晨，他說。他穿過犁溝走向她，她正在他翻過的土裡撿拾馬鈴薯，鐵犁由拖拉機拖著。「我覺得我根本沒見過他。」

艾莉抬起頭，望著那長在粗糙肥厚脖子上，一張滿是鬍碴的胖臉。她知道他在說誰。她也知道他從拖拉機上爬下來，穿過犁溝，不受歡迎地站到她面前得費多大的力氣。她立刻說：

「他只在這兒待了一個夏天。」

「那就對了。那時候我一直東奔西跑的。」

她說了神父的名字，他緩緩點了點頭，接著又搖搖頭。這名字他從來沒聽過，他說。

太陽火熱地曬著她的肩膀和胳膊。她很想指向犁過的土堆，就在他們附近的那塊地。就在那兒，那個斜坡底下，有了這個孩子。她很想說，但沒那麼做。她說：

「我必須告訴她。」

他轉身要走，卻又改變了主意，他再次低頭看著她。

「對。」他說。

她看著他慢慢走回到拖拉機的位置。他的動作總是那樣緩慢，他的步伐一點也不費力，兩條手臂鬆垮垮地垂著。她為他縫衣服，洗衣物。她替他下田幹活，給他鋪床疊被。自認識他以來，她從沒在他身上放過半點心思。

拖拉機發動了。他回頭看準了鐵犁的位置，再點起一根菸，開始另一段再短暫不過的旅程。

失落之地

一九八九年九月十四日下午，那天是星期四，密爾登．里森在他父親的果園裡遇到一個女人。他很驚訝。那女的要是偷摘了蘋果，聽見他上來的腳步聲大可以繞過斜坡輕易地逃跑。沒想到她反而迎上來跟他打招呼，一個臉很瘦的女人，有著一頭黑色直長髮，看起來似乎很年輕，可是面容太憔悴了。密爾登之前從沒見過她。

過後他想起她穿的外套，實在不太乾淨，是很深很深的藏青色，近乎黑。喉嚨上有塊類似瘡疤的東西。她手上什麼也沒拿，要是她真偷了蘋果，她肯定是把到手的東西藏在果園裡唯一的黑莓叢後面了，那兒離她站的地方不過幾碼遠。

那女人走近密爾登，眉開眼笑看著他。他問她有什麼事，在果園裡幹什麼，她不回答。儘管她一臉親切，他第一眼的直覺是這女的是瘋子，想要攻擊他。誰知她臉上的笑意更開了，舉起兩條胳膊，像要他投入她懷抱似的。密爾登沒有動靜，那女人更靠近了。她的手瘦而長，手指細得好似小樹枝。她親了他一下，然後轉身走開。

過後密爾登想起她深色外套底下，露出兩截極纖細的小腿，肩膀也窄，更顯得那一頭濃密黑髮十分不搭。她親他的時候，她的嘴唇不像她母親的那麼濕潤，乾硬得像根骨頭，輕輕的一觸幾乎沒有任何感覺。

「怎麼樣？」那天晚上里森先生在廚房裡問他。

密爾登搖搖頭。平常果園裡總是考克斯脆蘋果最先熟。就因為熟得太快，有時經過一個烈日曝曬的夏季，常常會錯過第一批收成。今天碰上了那個陌生人，害他忘了在摘樹枝上那顆蘋果的時候，是不是很快就摘得下來。不過，他注意到掉在地上的果實並不多，按這情況應該可以大膽地說，不妨讓它們在樹上再待一陣子吧。因為害羞，他沒敢說出果園裡那個女人的事；假如她沒靠近他，假如她沒親他的嘴，那情況就不一樣了。

密爾登還不滿十六歲。矮矮胖胖的，就跟父親和他兩個兄弟一個樣，哥哥年紀比他大很多，小弟還是個孩子。家裡好看的長相全出在兩個女孩子身上，這讓里森太太私下非常感恩，她相信要是反過來，一個也別想嫁得好了。

「從小路上望過去，果實挺密實的。」里森先生說，他在切好的半片麵包上抹著奶油。里森先生，小眼睛，四方臉，給人一種決斷果敢的印象。稀疏的灰髮露出曬得發黑的頭頂，耳朵周圍和後腦勺的髮量倒是很豐盛。

「的確挺密實的。」密爾登說。

里森家的廚房天花板很低，棋盤式的地板，灰藍色的牆壁。一個雜亂無章，長方形的房間，因為拆掉了嵌在壁凹裡兩扇舊壁櫥的門，產生一種較為寬敞的假象。壁凹裡還放著同樣用了快五十年，斑剝得不像樣的愛西牌爐灶。牆對面狹窄的窗戶底下是水槽，流理台和幾個碗櫃。正中央一張橡木餐桌，大小比例跟房間倒很搭配。角落的架子上有一台電視，就擺在舊爐灶的右手邊。通往院子的門旁邊有張附坐墊的木質躺椅，另外還擺了一把高背椅，看電視的時候正好可以享受爐子的熱氣。餐桌周圍排了五張原木椅子，現在里森一家子就坐在其中四張椅子上。

打從一八〇九年起，里森家祖祖代代都坐在這間廚房裡，當年一個姓里森的因為娶親而進入了這一戶沒有男孩的人家。這棟四四方方，石板造的房子，只有前面的門廊稍微給人一些好感。因為外牆有些問題，整棟房子在一九三一年重建過。當時只請了當地一位信得過的建商負責改造，根本沒有雇什麼設計師。屋子前面有一座無型無款的花園，一條小路把園子和屋子分隔開來，這小路是里森家主要的通道。將近六十年過去，這房子的外觀仍舊是白白的石板塊，不見任何能夠緩和它簡陋外表的綠色藤蔓。屋後是幾棟農舍，紅磚瓦的屋頂，煤渣塊砌的外牆，圍著一個混凝土的院子；田地和果園就在小路的兩邊。方圓四分之三哩，屬於阿瑪郡裡的這一小部分土地，全是里森家的領土。院子整理得很好，地也照料得很好，里森家族勤謹持家，是標準的新教徒。

「還多著呢，密爾登。」

他母親又給他添了些沙拉和一片冷培根。她把中午剩下的蔥香薯泥糊用油煎過：馬鈴薯泥加奶油蔥花，煎過之後的餅糊外皮焦黃，鬆脆可口。她舀了一匙放在培根邊上，再把盤子遞回給密爾登。

「謝謝。」密爾登說，這個餐桌上永遠少不了感謝詞。他看著母親也為小弟切了一片培根，史都華，是唯二仍留在家裡的小孩。密爾登的姊姊愛蒂於一年前結婚，嫁給了賀伯・柯欽牧師；另一位姊姊在萊斯特，也結婚了。他哥哥加菲德在貝爾法斯特，在一個屠夫那兒做幫手。

「把它吃完吧。」里森太太舀起剩下的蔥香薯泥糊，放在丈夫的盤子裡。她是個嬌小精緻的女人，有著犀利的藍眼睛，一頭自然波浪捲的頭髮還帶有少女時期的棕紅色。她曾經也有著兩個女兒標緻的長相，如今仍見風韻。

等到大家都添好了飯菜——這也是家裡的一個傳統——密爾登才開始用餐。他最愛吃油煎蔥香薯泥糊。這餅糊可以在爐子上烤，也可以放在鍋子裡熱，只是味道大不同。他喜歡吃鬆脆的食物——切成條狀的油炸薄酥餅，牛奶布丁上的那層脆皮，油煎蔥香薯泥糊。他母親一直都記得。密爾登有時覺得母親對他的一切無所不知，他一點也不介意：她的這分心思反而使他更喜歡她。他喜歡看她在冬日的夜晚坐在暖爐旁邊，或是夏天坐在敞開的後門口縫縫補補。她從不看報，只偶爾看看電視。他父親看報時可認真了，一頁一頁地讀，電視新聞更是絕不錯過。密爾登小時候一直很怕父親，後來他明白，只要跟著父親就不會迷失方向，這是跟隨他在田裡和果園幹活的經驗。「他是個正直的好人。」里森太太在密爾登小時候經常重複這句話。「永遠記住這一點。」

自從加菲德去了貝爾法斯特之後，密爾登就是這一家人的希望。三年前他父親曾問過加菲德的意願，加菲德表示如果由他來繼承，他會把農場和果園全部賣掉。加菲德酷愛都市生活；自小到大他的志向就在貝爾法斯特，他要在那兒發展生根。史都華則是個唐氏症寶寶。

「我們找天去整理整理上面的果園，」他父親說，「我會和格拉迪一起修好那些箱子。」

那天夜裡，密爾登夢見來到果園裡的人是艾思美・鄧希。她緩緩脫去黑色外套，接著是一件綠色的洋裝。她站在蘋果樹下，簡單的內衣露出白得像麵粉似的肌膚。有一回他和比利・卡魯跟蹤他兩個姊姊和艾思美・鄧希去果園盡頭的小河裡洗澡。在夢中，艾思美・鄧希轉身走了，令密爾登失望的是，她又穿上了衣服。

第二天早上，那個夢很快就消退了，與陌生人邂逅的事卻存留著，生動又逼真。那女人的長相，每一個細節都緊緊纏繞著他意識中的某個部分——那頭黑髮，那張開的細瘦手指，那外套和圍巾。

那天傍晚，在廚房餐桌吃飯的時候，密爾登的父親叫他去果園清理一下那條長了荊棘的小徑。父親指的是明天早上，可是密爾登立刻衝了出去。他站在暮色蒼茫的樹林間，知道他趕過來並不是因為父親的指令，而是他知道那女人會來。她由通往小路的那扇門進入果園，朝他站立的位置喊著。他聽得很清楚，雖然她的聲音低得像耳語。

「我叫聖羅莎。」女人說。

她走下斜坡，走向他，他看見她穿著同樣的衣服。她走近他，把嘴唇貼在他的唇上。

「這是聖潔的。」她低聲說。

她走開了。離開果園的時候，她又回過頭對著他，她停在通往小路的門口。

「別害怕，」她說，「當那一刻來臨的時候。害怕的事太多了。」密爾登有種直覺，這女的不是活人。

密爾登的姊姊海瑟，每年十二月必寫信，把一整年的消息都寫在聖誕卡上。她有兩個孩子，都是在萊斯特出生的，外公外婆從沒見到過。婚後海瑟連一次也沒回過阿瑪郡。

第一天我們開車去了亞維儂，那意思就是大半夜都沒睡。孩子們好得很，我看他們是興奮過頭了。

十二月第三個星期天，這封信被擱在大家管它叫後廳房的壁爐台上，這間後廳房只在每個冬季的星期天使用，一整年的悶氣就在這一天被炭火的煙氣給蓋掉了。密爾登的姊姊愛蒂和賀伯·柯欽總是在十二月第三個星期天出現，加菲德則來過週末。史都華坐在他專屬的星期日座椅上，自顧自地扮著鬼臉。每個冬日裡的星期天，四點鐘的下午茶會有三明治、蘋果派和蛋糕，就算不吃正餐也夠了。

「他們去法國旅遊。」里森先生冷淡地說，口氣中明顯對大女兒每年此時所做的安排感到失望。

「**法國**？」窄下巴，鷹勾鼻，老是好奇地拄著腦袋的賀伯·柯欽牧師，煞有介事地重複了一遍，很不以為然的口氣。替海瑟主持婚禮的人是他，婚禮三天前對新郎新娘佈道的是他，跟他們說有任何需要隨時歡迎的也是他。

「你自己看吧。」里森先生把曬黑的腦門朝壁爐台一歪。「你看過海瑟的信了嗎，愛蒂？」

愛蒂說看過了，但沒有說她對海瑟的亞維儂之行有多羨慕。每年一次，她和賀伯還有孩子們都會去波特若希待上一個星期，住在神職人員有優惠的招待所裡。

「法國，」她丈夫又重複一遍，「你想不到吧。」

「是啊，確實。」她父親表示贊同。

密爾登的眼睛順著每一個說話者的臉看著。愛蒂的美貌中多了一分疲憊，連皮膚都看得出來，雖然她不過二十七歲。他父親神情冷漠，完全看不出他語氣裡那股不滿的情緒。賀伯・柯欽淺褐色的眼睛裡有個念頭在打轉，甚至還悄悄點了點頭：密爾登猜測他是在告訴自己，他有責任為這件事寫封信給海瑟。這位牧師之前就曾寫過信給海瑟，密爾登在廚房親耳聽愛蒂說過。

「海瑟在信裡都解釋過了，」里森太太插嘴說，「過幾年他們會回來的。」她又加上一句。其實她比任何人都清楚，他們不會回來的。海瑟早已經跟這個地方斷了關係。

「會，他們當然會。」加菲德說。

加菲德喝醉了。密爾登看著他仗著酒意大膽放話，嘴唇吃力地往兩邊扯出一個笑容。他握著啤酒，罐子上的三角形開口還在冒著泡。他已經喝了一個下午的海尼根。里森先生一年只喝一次，是在七月慶典的時候；賀伯・柯欽滴酒不沾。大家都看不慣加菲德週末一回來就喝酒，可他就是這副德行，誰要是表示不滿，他立刻開溜。

瞧見密爾登看著他，加菲德眨了眨眼。海瑟不願意回來不全是為了他，但絕對有他的分。在貝爾法斯特，加菲德不只是屠夫的助手而已。他在新教徒的軍團裡也軋了一角，加入他所謂的「硬漢志願軍」，對付另一個對立的暴力派組織。以牙還牙式的謀殺行動就是這種硬漢心態在作祟，一邊是為了頌揚過往的榮耀，另一邊則為了戀棧舊時的權利，不肯輕言寬恕：而這些全都是海瑟避之唯恐不及的東西。「就愛說大話。」里森太太記得加菲德從小到大就愛吹牛，壓根兒沒把他的**工作報告**當回事。里森先生不予置評。

「嗨！」史都華突然在後面的房間大叫，他常常會這樣。「嗨！嗨！」他嚷著，腦袋往肩膀上歪，嘴巴張著，眼珠子開始亂轉。

「給我乖一點，史都華。」里森太太厲聲喝斥。「不要叫。」

史都華完全不理睬。他努力完成了他的溝通方式，肥胖的身軀在椅子上扭曲得十分難看。忽然，那分緊張感退去了，他靜了下來。我們大家給史都華一個擁抱吧，海瑟在信裡說。

愛蒂拿起丈夫和父親的茶杯，再倒了些茶。里森太太又切了些蛋糕。

「來，寶貝。」她幫史都華把一片蛋糕再切成好幾份。「這樣才乖啊。」

密爾登心想著，如果他提起果園裡的那個女人，不知道大家會怎麼說，如果他隨口提起，九月十四日那天，以及十五日，一個自稱聖羅莎的女人在果園的蘋果林裡出現在他面前。至於夢見過她的事大可不必說；做夢很平常，任何一個女人或女孩都可以在夢裡出現。「她的頭髮好奇怪。」他或許會這麼說。

可是密爾登決定守著這祕密不說。那天稍晚，他單獨跟加菲德待在後面的房間裡，聽著哥哥吹噓他在城裡的種種豐功偉績，哥哥只要一喝酒就特別來勁。密爾登看著那兩片濕潤的嘴唇沒有章法地開合，一邊傻笑一邊敘述著如何耍狠、抄家，怎麼把年輕人抓起來審訊，怎麼傳令搜捕。沒有收拾不了的場面，加菲德喜歡重複這句話。他會告訴你，有個天主教徒在雨天趕路回家，還迫不得已地搭了個便車。收拾爛攤子——你可以說他是專門幹這行的。半夜電話鈴響，他總是立刻就知，這跟處理牛肋條完全一樣，純屬專業技術。加菲德總是在故事收尾前打住；就算所剩無幾，他還是會留下一些想像空間。

每年夏天，里森先生會把這六畝田地奉獻出來，供七月慶典使用——這是重新恢復的一個效忠儀式，紀念一九六〇年威廉三世大勝天主教派詹姆斯二世的戰役。在七月十二日那天，所有男人都戴著圓頂的黑色禮帽，披著彩帶聚在一起，喧天的鼓和笛子聲響徹里森家的土地。到了中午，大家會遊行到村子裡，里森先生也神氣地走在遊行隊伍裡。跟他父親、祖父一樣，他也有著一套專門為星期天和七月盛典穿的深色嗶嘰呢西裝。加菲德去貝爾法斯特之前，也會來參加遊行，他是方圓幾哩內笛子吹得最好的一個。密爾登參加遊行，但不奏樂，因為他是音痴。

自去年慶典後便沒再碰面的那些男人，到了七月又會來到這六畝地上。里森先生的叔父威利來了，里森的堂兄弟和姻親們也來了。密爾登和他的朋友比利·卡魯走在年輕人的隊伍裡。看見這些年輕的孩子壯大了慶典的人數，而且年年都有新面孔出現，里森先生和其他同年紀的人感到十分欣慰。每次慶典都由柯欽牧師致開場詞。

當鼓聲響起，笛聲吹奏起熟悉的曲調，遊行隊伍便浩浩蕩蕩穿過出入田地的大鐵門，走上小路，再轉到狹窄的幹道上。大夥邁著大步向前走，就連里森先生的叔父威利和八十四歲的老奈普也不例外。下巴抬得高高的，雨傘當作長槍拿著。每張臉上都有著驕傲；隨著音樂節奏，步伐整齊劃一，揮著臂膀，手握雨傘。每一雙鞋都擦得光亮，每一套西裝都熨得筆挺。街坊鄰里的人藉由服飾展現這個重振新教徒之信仰忠誠的傳統。

密爾登的黑白花呢夾克和褲子已經放寬到摺縫邊的位置了。不過，只有湊近細看才會發現——兩圈料子的厚薄不太一樣，好在時間一久，顏色已經褪得看不太出來了。他母親今早才說過，剩下那一點點的摺縫，怕是不能再放得更長了。不過，她又覺得密爾登應該不會再長高，這套衣服應該還可以撐上好幾年。她說這話時，密爾登心裡總是很歉疚，自從那次果園裡的經驗後，這十個月裡他已多次出現這樣的感覺。就像這次，過去對他無所不知的母親，正說著他不會再長高的事，可能是錯的。他應該說出來，可是他辦不到。有種直覺告訴他，那女的不會再回來了。她沒必要再回來了，密爾登這麼覺得，雖然他不知道這直覺從何而來。他總覺得向母親說明這件事的來龍去脈，好像怪怪的。九月過後的每一個季節，充斥在他記憶裡的就是那個女人。那個秋天很暖和，日漸變短的白晝陽光充沛，好天氣一路延續到十一月雨季來臨。不管晴天雨季，或是一月的酷寒裡，她始終都在。在一個霜雪未退，入夜時分又要結凍的日子，他沿著斜坡走在果園裡，回頭看，霜白的草地上有他成排的腳印，他忽然感到訝異，為什麼雪地上沒有她的腳印？當第一叢報春花妝點了果園乾燥溫暖的河岸時，他發現今年這些熟悉的花朵變得不一樣了，因為他自己有所改變，看出去的花自然也不太一樣了。當夏季到來，對那女人的思念又更加濃烈。

「他們會讓路的。」看見兩輛車朝著遊行隊伍開過來，隊伍前頭的一個男人說。果然那兩輛車乖乖轉到一邊讓路，為表示對奏樂的尊重，連引擎也關上了。車上的女人、孩子向他們揮手致敬；還有人把小寶寶舉起來，小寶寶擺動著小手打招呼。「看了真教人高興。」隊伍裡有人在說。

天氣很暖。白色的雲朵動也不動，彷彿黏貼在藍藍的蒼穹上。每年七月盛典的日子幾乎都是大晴天，鄰里街坊很看重這件事，大家都把這視為一個好兆頭。這天氣使密爾登大汗淋漓，背後、胳肢窩、腿胯，被汗水浸透的襯衫黏在身上，到後來反而轉為一股涼意。他頂著太陽走著，烈日照在他的後腦勺。「不知道我們會不會看見基山家的女孩？」比利．卡魯在他身旁遐想著。

基山家的女孩就住在他們遊行經過的一棟屋裡，她和她兩個妹妹通常會出來看遊行。她的父親和叔叔、伯伯，還有哥哥喬治，每年都會參加遊行。因為密爾登的兩個姊姊已有了年紀，現在她就是附近最漂亮的女孩。她戴眼鏡，但去庫可倫酒店參加舞會時會把眼鏡摘掉；她經常做頭髮，細心地塗抹眼影；她抹的口紅都要和衣服的顏色搭配。厄爾斯特省最漂亮的一雙腿，非她莫屬，比利．卡魯說。

「喔，天哪！」他低呼，遊行隊伍轉了個彎，她和兩個妹妹就站在那兒。她沒戴眼鏡，穿著一身粉紅底、上頭有許多像是玫瑰圖案的洋裝。隊伍再走近些，連她腳上的白色涼鞋也能清楚看見了。「喔，天哪！」比利．卡魯又在呼喊，密爾登猜想他這會兒大概在腦子裡**剝了**這位基山美女的衣裳吧。剝掉那些女生的衣裳，這是他們兩個在教堂時常有的幻想。美女的一個妹妹手上拿著英國國旗在揮舞著。

密爾登沒有絲毫的興奮。去年，他也在腦子裡剝過基山美女的衣裳，那跟在教堂裡剝掉艾思美．鄧希的衣裳沒什麼兩樣。基山美女的歲數比艾思美．鄧希大，也比他和比利．卡魯大了五、六歲。她在養雞場上班。

「你知道她像誰？」比利．卡魯說。「英格麗．褒曼。」

「英格麗．褒曼早死了。」

比利．卡魯忙著胡思亂想，沒答話。他對英格麗．褒格曼非常著迷。無論什麼時候，只要電視一播放《北非諜影》，就算天塌下來他也不出門。所以他拿她來做比方，就算英格麗．褒曼已經死了也沒關係。

「喔，天！」比利．卡魯咕噥著，從聲調的緊迫性，密爾登知道現在那位基山美女身上的最後一件衣物也被剝下來了。

再過十分鐘一點的時候，遊行隊伍到達麥克考特五金農具行的綠色鐵皮庫房。隊伍經過路邊的水泵和村子最前頭的四間茅舍。現在來到了天主教的地盤，四周沒半個人影，窗口也不見一張臉孔。整個村子就一條大街，街的這頭是沃根的店鋪和小酒館，另一頭是提爾南雜貨鋪和兼賣報紙的加油站。隔壁是奧漢隆小酒館，過了小酒館後路就寬敞起來，車輛可以在玫瑰聖母教堂和學校前面迴轉。村裡的屋子都粉刷成不同的顏色，有綠的、粉的、藍的。樣式很簡樸，沒有一戶是超過兩層樓的。

遊行隊伍很有節奏感地走過那許多瞪著白眼的窗戶，大夥步伐變得格外有精神。手臂揮得更有力，嘴巴也抿得更緊。走過玫瑰聖母教堂，隊伍忽然停下來。為了掉頭轉向，遊行隊伍著實亂了一陣。賀伯．柯欽牧師簡短念誦著經文，有意無意地朝鄰近的教堂瞥了兩眼。隊伍又再度走回來時的路，演奏的樂曲也改變了，這轉變彷彿是特地為那些躲藏起來的村民們做的。讓他們聽點不一樣的曲子。到了麥克考特五金農具行的鐵皮庫房，隊伍就向左轉，從另一條路線返回里森先生的農地。

野餐會是對全體一心達成使命的犒賞。大家拿出好酒好菜，有三明治、雞腿、切成片的牛肉和火腿，薯條和番茄。這些男人兩兩一組，結伴朝著一道樹籬撒尿，每年澆上一次的酸液對這道樹籬完全無害——據說，這也是一種好兆頭。外套脫了，禮帽摘了，肩上的飾帶也暫時擱在一旁。大家彼此交換訊息，聊著婚喪喜慶，哀嘆幾聲牲畜的時價。賀伯．柯欽牧師穿梭在席地而坐的人群中，和那些不屬於這個教區裡的人打打招呼，問候一下他們的女眷。到了五點，每個人的臉和脖子都比先前紅了許多，頭髮也變得凌亂，汗珠映著西斜的陽光。農田裡洋溢著一片幸福感，有些醉意，也時不時還會意識到上帝的存在。

「你不舒服嗎？」比利．卡魯問密爾登。「你怎麼了？」

密爾登不回答。他想，也許他是病了。病了，或是瘋了。因為今早醒來，她就在那兒，不像之前那樣安安靜靜地出現。從他醒來後，她就很焦躁，對他嘮叨個沒完。

「我沒事。」他說。

他不能告訴比利．卡魯，就像不能告訴他母親和家裡任何一個人那樣，可是在整個遊行期間，心裡一直有想說出來的衝動。在樂聲中走過那個死寂的村子時，在隊伍掉頭往回走，變換樂曲時。此刻在野餐會上，他想說出來的感覺更加急迫。

「你看起來很有事。」比利．卡魯說。

密爾登看著他，心裡想著比利．卡魯像老奈普那麼老的時候，肯定還會在這塊田地裡大吃大喝。只要能脫下基山美女的小內褲，比利．卡魯和他臉上的痘痘以及那口暴牙肯定就心滿意足了。「哪。」比利．卡魯把半瓶布什米爾愛爾蘭威士忌遞給他。

「我想告訴你一件事。」密爾登說。他在樹籬邊找到了賀伯．柯欽牧師，就在大夥撒尿的位置。

「說吧，密爾登。」經過這一天的活動，牧師緊繃的面孔也有了愉悅的暖意。他理了理褲子。值得紀念的一天，他說。

「前些時候，大概是九月，」密爾登說，「我到果園查看蘋果長得怎麼樣了，一個女人從上面的大門走進來。」

「一個女人？」

「第二天她又出現了。她說她是聖羅莎。」

「你說什麼？聖羅莎？什麼意思，密爾登？」

準備走回人群的柯欽牧師停住腳步。他一動不動地站著，皺起眉頭看著腳邊的草地，再抬起頭，密爾登看見那對迷濛的褐色眼睛裡有著滿滿困惑和詫異。

「你在說什麼，聖羅莎？」他重複一遍。

密爾登一五一十告訴了他，並且坦白招認那女人親了他的嘴兩次，聖潔的吻，照她的說法。

「沒有什麼吻是聖潔的，孩子。仔細聽好了，密爾登。」

年輕小伙子都會有這類的念頭，柯欽牧師向他解釋。年輕小伙子總會有這類的困惑，因為這個年紀，因為生理上的變化。他提醒密爾登，他離開學校了，將要長大成人了。成長的路上總會有些顛簸，他解釋著，誘惑更是難免。既然加菲德放棄了所有的繼承，將來有天密爾登定會繼承農場和果園。這才是他必須做好準備的東西。密爾登的母親是個大好人，他父親也樂於助人。如果鄰居的籬笆壞了，人又病著，第一個趕過去幫忙的肯定是他父親。他母親養育了四個好孩子，第五個孩子患病是天意。上帝的恩典可以化病痛為禮物：你也許會說史都華很可憐，但我們見證史都華活下來，就是一種幸福。

「今天是偉大的日子，密爾登。我們歡度了喜樂的一天，我們為我們的今天站出來。這些才是你應該想的。」

牧師像哥兒們般攬住密爾登的肩膀。這個動作的意思是，他已經把這件事處理得很漂亮了。起初他確實感到驚訝，不過他應變得很好。

「但她不肯放過我。」密爾登說。

柯欽牧師正要邁步走，又停住。他的手臂從密爾登的肩膀滑了下來。他壓低了聲音說：

「她一直在果園纏著你，是嗎？」

密爾登再做解釋。他說那女人從他睡醒的一刻起，就不斷地煩他。也是因為這樣，他才不得不找個人說說，他是被逼的。

「別跟其他人說，密爾登。誰都不能說。這事就你我知道，我不會說出去，連愛蒂也不會讓她知道。」

密爾登點點頭。柯欽牧師說：

「別讓你的父母苦惱，孩子，別跟他們提起那個把聖和神掛在嘴邊的女人。」他稍微停頓，再冷靜地加重了語氣。「否則你父母往後的日子就不安穩了。」他又稍微停頓一下。「再沒有人比你的父母親更好的了，密爾登。」

「聖羅莎是誰啊？」

柯欽牧師再次克制自己想要回到人群裡去的念頭。他再次壓低了聲音。

「她是不是跟你要錢？碰了你之後她有沒有跟你要錢？」

「錢？」

「這種女人多的是啊，孩子。」

密爾登知道他的意思。他和比利．卡魯經常在聊這些女人。電視上多的是，一個個穿得花枝招展的在大街上走著。比利．卡魯說她們喜歡在火車站晃蕩，如果想勾搭她們，只要去火車站就行了。有一回，密爾登的母親在電視上看到這些街上拉客的女人，稱她們是「天主教的娼婦」。比利．卡魯說對這些女人得特別小心，免得惹病上身。密爾登從來沒聽說過這附近有這類女人出沒。

「她不像那種人。」他說。

「你碰上的可能是個四處打混的女人，也許她以為你身上有幾毛錢。你明白我的意思嗎，密爾登？」

「明白。」

「拋開這檔事兒吧，把它徹底忘了。」

「我只是奇怪她為什麼要扯上一個聖徒。」

「這沒什麼，就是她的伎倆嘛。」

密爾登猶豫著。「我覺得她不是活人。」他說。

里森先生的叔叔威利過去都在各個城鎮佈道。一直到年紀太大，開始前言不搭後語為止。密爾登聽過他佈道。在威利叔叔的全盛時期，他和加菲德還有兩個姊姊都去聽過，他右手緊握一本《聖經》，以它來做手勢，引用裡面的句子來打比方。有時他會說起一些羅馬的事情，一些他相信的事實：教宗曾經如何喝到不省人事，一個晚上必須換兩次床單；教宗的母親又是如何夾雜在其他婦女當中，進進出出於教廷的接待室。

小城裡仍有許多佈道的人，在街角或任何一個可以吸引人眾的地方，但是傳教士的人數已大不如威利叔叔的全盛時期。有了電視後，人們晚上不出門了，再者，人們的生活也比從前來得更加匆忙。只是在七月慶典過後的那些日子，密爾登總會想起叔公當年無與倫比的口才。他記得他用過的那些字眼，記得他都如何引經據典，他記得他的神態自若。他時常說，所謂淨化心靈就是，透過驅魔的方式把邪惡驅走，令它消失於無形。

柯欽牧師的告誡更加溫和，即便他說的幾乎都是同一件事：只要你不加理會，那些事物就不再存在。然而，七月慶典過後的幾天，密爾登發現這樣告誡愈來愈不可能做到。想到叔公，更讓他深信不該繼續保持沉默。他內心深處有股無法克制的衝動，也在對他說不應該這樣。他問母親老叔公當年為什麼去佈道，她說：「因為非去不可。」

穆赫神父不知該說什麼。

一開始，他想不起聖羅莎是誰，就算他好像隱約知道有這麼個人。再加上這新教徒男孩說的話不清不楚，講話結結巴巴，說話速度特別快，又老愛重複一樣的話，一發現自己扯遠了又從頭講起。只是第二遍時聲音更輕了，輕到幾乎聽不見。整件事就是如此聽不出個所以然。

「我們先來查一查吧。」最後穆赫神父只好這麼說。先對這個聖徒做一番調查，男孩對他的說法似乎並不滿意。「坐。」他把孩子請進他的起居室，開始查看《巴特勒的聖徒傳》。

穆赫神父五十九歲，是個精瘦的高個子，一頭少年白。他去查相關的經書，兩隻牧羊犬在一旁陪著。回來的時候，牠們也乖乖地回來待在他腳邊。房間很冷，幾乎沒有任何家具，地毯薄得幾乎能感覺到底下的地板。

「有個維勒諾夫的聖羅莎琳，」穆赫神父翻著書頁說，「還有聖羅絲維內瑞尼，利馬的聖羅絲。再不然就是聖羅莎利亞，或韋特伯的羅絲。」

「我認為就是那個名字。她很肯定地說她叫羅莎。」

「你當時會不會是睡著了?那天是不是很熱？」

「我不是在做夢。」

「天色是不是很晚了?會不會是被陰影蒙住了？」

「第二次是比較晚，第一次是在下午。」

「你為什麼會來找我？」

「因為你對聖徒的事很了解。」

穆赫神父聽著那自稱是聖羅莎的女人如何不肯放過這個男孩，在七月慶典日來臨的時候，她的身影又是如何地一次比一次強烈，到了慶典當日甚至強烈到讓他覺得自己不該再保持沉默。

「你想問什麼呢？」

「她給我的聖潔之吻。」

唯一的解釋，這孩子可能腦袋有問題。他們家裡不是還有個**頭腦壞掉**的孩子嗎？

「你怎麼不去問你們家的牧師呢？柯欽先生不是你的姊夫嗎？」

「他要我假裝沒這件事。」

神父沒說話。他靜靜聽著，男孩告訴他，那感覺就像被附身一般，她的容貌和穿著，怎麼也忘不掉。只要閉上眼就能清楚看見她，甚至比家人或任何一個熟識的人都來得清楚。

「我只想知道她是誰，那地方是在法國嗎？」

「韋特伯在義大利。」

其中一隻趴在神父腳邊的牧羊犬睏了。另外一隻已經睡了。穆赫神父說：

「你自己覺得如何？」

「她說不用害怕。她一直在說害怕這件事。」密爾登稍稍頓了一下。「現在還是能感覺到她說這些話的樣子。」

「我會去跟你們家的牧師談一談，孩子。跟你的姊夫。」

「她不是活人，那個女的。」

對於這句話，穆赫神父不做回應。他帶引密爾登走到門口。男孩的來訪讓他有受辱的感覺，只是他沒有表現出來。他教會裡的聖神怎麼可能對一個新教徒的男孩顯靈呢？這附近全是天主教徒，有那麼多天主教徒可以選擇，為什麼偏偏挑上這個孩子？難道每年七月十二日那些盛裝打扮，大搖大擺穿過村子的農民還不夠張揚？難道非要他們也宣稱那些人才是聖者？每年的七月十二日，他們等於把整個村子都封閉了，所有人只能關在屋子裡。那些人的喧鬧，旨在提醒他們不可小覷這個鄰里的分量。這男孩的父親在路上會客氣地跟你打招呼，甚至會靠在你家大門上跟你聊天，但是一背過身又是另外一套說詞了。那個去了貝爾法斯特的兒子也會向你致意，但過後或許就會放聲大笑，因為他居然跟一個神父致意。街頭巷尾都在傳說加菲德・里森參加了新教徒的黑幫組織，出任務時，他的屠夫本領展現無遺。

「我想她可能是外國人。」密爾登說。「我不知道為什麼會這麼認為。」

兩塊紅斑飛上穆赫神父清瘦的臉頰。此刻，他的怒氣已到了難以遮掩的地步；他沒辦法開口說話。密爾登就這樣默默地被請出了屋子。

回到自己的起居室，穆赫神父打開電視，手裡拿著一杯威士忌坐了下來，兩隻牧羊犬趴好位置又睡著了。「哈呀，太神奇了！」一個談話節目的主持人喊著，帶頭為那名用指尖撐起一個女人的表演者拍手叫好。穆赫神父不知道這是怎麼做到的，要不是因為剛才來了那個新教徒男孩，他看這節目的興致會更大些。

里森先生用一小塊麵包把盤子抹得乾乾淨淨，吸附起殘留的培根油和黑香腸末。密爾登說：

「她從小路走進來的。」

不大清楚狀況的里森先生說，那個怪人一定是來偷蘋果的。這事雖不常見，可就是這麼回事。誰也沒辦法把整個蘋果園上鎖啊。

「用不著擔心，兒子。」

里森太太搖頭。不是那樣的，她說，密爾登不是那個意思。里森太太臉色泛白。密爾登是在說有個天主教的聖徒在果園裡跟他說話。

「是個幽魂。」她說。

里森先生的小眼睛平靜地看著兒子。史都華把小盤子疊在吃過炸物的大盤子上，再把刀叉放上去，照著家人教他的規矩做。他發出打嗝的聲音，奇怪的是居然沒有被罵。

「我問過穆赫神父，聖羅莎是誰。」

里森太太的一隻手迅速掩在嘴巴上。那瞬間她想尖叫。里森先生說：

「你究竟想怎樣，孩子？」

「我必須說出來，告訴大家。」

史都華拚命想說話，咯咯嘎嘎地要人把他疊好的兩個盤子和刀叉放到水槽裡去。這也是家人教的，他一直很聽話地照著做。今晚卻沒人理會。

「你說你去找過神父？」里森先生問。

「你進去他屋子了，密爾登？」

密爾登點頭，里森太太不可思議地看著他。他說賀伯·柯欽要他保持沉默，可是他無論如何就是做不到。他說遊行那天，就在他們倆站在樹籬邊的時候，他告訴了姊夫，後來才去了穆赫神父的家。他坐在裡頭等神父在書上查明那個聖徒。

「有誰知道你進去過神父的家裡，密爾登？」里森太太挨著桌子，睜大了眼眨也不眨地盯著他。「有沒有人看見你？」

「我不知道。」

里森先生指著密爾登，叫他站好，接著他站起身，往他臉上摑了一巴掌。接著又是一巴掌。史都華激動地哇哇哭著。

「把這些東西放到水槽裡去。」里森太太說。

盤子碟子放進了水槽，水龍頭打開了，史都華在洗手。密爾登的半邊臉發燙著，一道鮮血從他鼻子裡流了出來。

賀伯・柯欽保證他會說到做到，絕不把在岳父田地上聽到的那件事讓他妻子知道。但是，第二次碰上這同一話題時，他明白再隱瞞下去毫無意義。一個星期天的下午，他待在岳父家，當時里森先生出去擠牛奶了，愛蒂和她母親也去拿去年為教區醃漬的梅子醬了，密爾登跟著他進了院子。在開車回教區的那四哩路上，牧師把他們談話的內容一字不漏向愛蒂重述了一遍。

「你是說他想**傳教**？」愛蒂錯愕地皺起眉頭，半搖著頭，一臉不相信。

他點點頭。密爾登還提到了里森先生的叔叔威利。他說他用不著什麼經文講稿，不需要這些東西。

「不可能，密爾登怎麼會？」愛蒂反駁，這次她的頭搖得更堅定了。

「我知道。」

他把她弟弟在七月慶典那天吐露的實情告訴了她。他解釋說，當時不提這事，是因為他以為他已經跟她弟弟**說清楚**了，這些事無須再提。

「天哪！」愛蒂喊著，驚訝得下巴都要掉了。她嫁的這個男人不是一個信口開河，說話不負責任的人，絕對不是。他向來連開玩笑都不會，賀伯的優點在其他地方。即便如此，愛蒂還是不敢相信。「你是認真的？」

他點頭，視線沒有離開路面。當時他們還不知道造訪神父的事，也不知道廚房裡以暴力收場的事。愛蒂的父母都相信，經過他父親這番激烈的反應，密爾登肯定想通了，他們也贊成賀伯・柯欽的看法，這種事最好別張揚，應該保持沉默。

「密爾登是不是腦子有問題？」愛蒂小小聲說。

「他確實不對勁，那根本不是他。」

「他對傳道的事從來不感興趣。」

「你知道他剛剛在院子跟我說什麼來著？」

愛蒂仍在想著她弟弟說的那個跟他交談的女人。她的想像力就卡在那兒，卡在她父親上果園的斜坡上，一個天主教的女人站在樹林子裡。

「德金．麥克戴維，」賀伯．柯欽繼續往下說，「他提到這個人。」

又是一驚，愛蒂皺起眉頭。這個德金．麥克戴維是在路邊被人開槍打死的，就在勒夫高爾附近。愛蒂還記得她父親走進廚房，說那些人開槍把可憐的德金打死了。當時她才七歲，加菲德四歲、海瑟一歲，密爾登和史都華還沒出生。「他有做過什麼壞事嗎？」她還記得她父親說，「他有對誰大呼小叫過嗎？」他父親和德金．麥克戴維是同學，兩人還一起遊行過好多次。後來德金．麥克戴維搬走了，去外地擔任材料估算員。愛蒂不記得跟他見過面，只是命案後，從她父母口中知道他曾經來過家裡許多次。「可憐的德金，腦袋被轟掉了一半」：她父親沉痛的口氣至今她都記得。「可憐的德金，腦漿滿地都是啊。」她父親參加了隆重的喪禮，因為德金．麥克戴維還參與了維安組織，在北愛爾蘭防衛隊兼差。幾個星期後，兩名來自勒夫高爾的年輕人遭到逮捕，雖然他們強烈辯稱是被冤枉的。

「德金．麥克戴維對密爾登來說，只是個傳聞而已。」愛蒂挑明重點。她丈夫說他明白。

車子停在教區宿舍前，一棟低低矮矮，有著鐵格子窗戶的磚造房屋。他說聽完密爾登在院子裡說的那些話後，很想去找里森先生。可是密爾登一直在車子附近打轉。

「那女人提到了德金・麥克戴維嗎？」愛蒂問。「是嗎？」

「我不知道她是不是提了。說實話，愛蒂，密爾登在講這些的時候，你真的會不知所措。還有一點，他說那女的不是活人。」

愛蒂在宿舍裡撥了電話。「我再打給妳。」她母親說。二十分鐘後果然打來了，趁著密爾登不在旁邊。接下來的談話中，母女倆交換了各自掌握到的消息，七月慶典那次的吐露，還有後來在廚房和一小時前在院子裡說的那些話。

「德金・麥克戴維，」里森太太一掛掉電話就平靜地告訴丈夫，「最新進展是他跟賀伯提到了德金・麥克戴維。」

一個星期六的下午，密爾登騎腳踏車去了他心目中排在第一位的佈道小城。停車場上，兩個小女孩一面吃著糖果，一面聽他佈道。他講的是韋特伯的聖羅莎。他覺得自己也是一個聆聽者，他的聲音感覺就像從身外的某個地方傳過來的——從聖羅莎那裡，他對兩個小女孩說。他聽見自己在說姊姊海瑟不肯回家鄉，聽見自己描述著那沉默的村莊，響亮的鼓樂聲，還有慶典當天父親穿的那套西裝。聖羅莎一定會為德金・麥克戴維哀悼，他是多年前在勒夫高爾遭人殺害的一位新教徒。聖羅莎會寬恕那些殘暴的士兵和不露面的敵人，儘管其中一方應該對那些不時出現在電視上的支離破碎的車輛，和一具具蓋著屍布的大體負責。「穆赫神父非常生氣。」密爾登在停車場上說。他看得出來神父之所以生氣，是因為一個新教徒的孩子竟然坐在他的教會所裡。韋特伯的聖羅莎竟然把聖潔之吻賜給了這個孩子。看得出來穆赫神父認為那是不可能的，他說。

下一個星期六，密爾登騎車去了另一個遠一點的小城，再下個星期六，他又去了第三個小城。他沒把這件事想成是佈道，那更像是在對眾人訴說他的經驗。他應該這麼做，也必須這麼做，他解釋著。他發現人們只要開始聽他說話，多半就不會再走掉。上街買東西的人會停下腳步，出來散步的老人家靠著櫥窗或公廁的牆，當作消磨時間似的與他作伴。一個下午裡，總有一兩次會有人來鬧場。

第四個星期六，里森先生和賀伯．柯欽開著里森先生的福特車來了，他們把密爾登強押上車。回程路上誰也不說話。

「丟臉？」密爾登針對他母親用的這個字眼，反問道。

「丟我們大家的臉，密爾登。」

在教堂裡，人們帶著狐疑的眼光看著他，他注意到愛蒂也時不時死盯著他。他對艾思美．鄧希笑的時候，她不再以笑臉回應；比利．卡魯迴避他。他父親堅持，無論如何，絕不可再以果園女人的事出去佈道。他必須這麼做，密爾登解釋，這是神授給的任務。

「不可以。」他父親說。

嘴。

「到此為止，密爾登。」他母親說。她甚至比他父親更憎恨這事，一個女人居然親了他的

接下來的那個星期六下午，他們把他鎖在他跟史都華共用的臥室裡，直到六點才放他出來。不料星期天一早，他又騎車出去了，他們又大街小巷，一城一鎮的找。那之後就看管得更緊了。史都華搬出原來的臥室，到了週末，密爾登照樣被鎖在房間裡，只有上廁所時才開門。三餐都由母親送進去，她只把餐盤擱在五斗櫃上，什麼話也不說。密爾登盼著星期一早上一切就會如常，處罰就會結束。可是並沒有。他們放他出來，卻要他跟在父親身邊幹活、清理渠道。一整天，父子倆的距離都不超過一兩碼。晚上他們又把他押回臥室，房門再次上鎖。自那以後天天如此。

到了冬季，每個星期天他姊姊和柯欽牧師都會來家裡，大家都坐在後廳房，他仍舊被關在樓上。他不再跟家人一起上教堂；週末加菲德從貝爾法斯特回來，密爾登聽見母親不斷懇求他，他卻說什麼也不肯替他送餐點上樓。加菲德已經有好長一段時間不跟他說話了，也不找他作伴。

密爾登擠牛奶時，父親不再跟得那麼緊。他把掛鎖扣在院子的大門上，便自顧自去棚子裡忙別的事，或在廚房裡注意院子裡的動靜。有兩個星期六的下午，密爾登爬出窗戶，騎上腳踏車開溜，最後都被追了回來。接著有一天，他跟著父親從果園回來，發現吉米．羅根來過家裡，在他臥房的窗戶上裝了柵欄。他的腳踏車不在草棚裡了，他看見它被綁在那輛福特的車廂

裡，想必是要把它賣了。母親找了一張舊的折疊牌桌，這桌子的高度很剛好，在這上頭吃飯比在五斗櫃上來得好。密爾登知道大家都聽說他的腦袋出了問題，可是即便這樣，他還是能從母親的舉止看出，這並不能就此消除他給全家人帶來的奇恥大辱。

又到了七月慶典日，密爾登仍待在臥房裡。父親在出門前先帶他去上廁所，守在外面候著，再把他送回房間。他父親沒說話。他沒說今天是七月慶典日，可是密爾登知道，因為他父親穿著那套大禮服。密爾登看著車子開出了院子，聽見母親在廚房裡跟史都華說話，在說坐在太陽底下什麼的。他想像著所有男人都聚在田地裡，牧師致詞，大鼓上陣，排好隊伍。一如往常，這天的天氣很好，他能從臥房的窗口望見晴空朗朗。

這時間真不好打發。密爾登從來不是愛看書的孩子，他從來沒有一頁一頁好好看完一本書。母親送餐來的時候，偶爾會留一份週報給他，他就看看各處鎮上的新聞，附近鄉下地方的消息，其中也有他們這裡的新聞。他也會聽聽收音機。母親把能找到的拼圖遊戲全部整理出來，有些是海瑟和加菲德小時候的，有些特別簡單的是專門買給史都華的。她還給他一副撲克牌，只是其中有三張方塊不見了；還有一個裝著碎毛布和線軸上插了圖釘的硬紙盒，那是愛蒂以前的針線盒。

在七月慶典的日子，他沒辦法再玩溫莎城堡或不列顛戰役之類的拼圖，沒耐心再把三個畫在信封袋上的方塊撲克牌拿來玩，他也不想一整天聽著收音機裡節目主持人的聲音。他乾脆練習佈道，講的全都是他在果園中見到的那個女人，而不是灰頭土臉的耶穌，也不是白鬍子白頭髮，在雲端雙眉緊蹙，一臉怒容的上帝。

他不時看著手錶，每看一次就估計著遊行隊伍走到了哪裡。想像著基山美女和她的妹妹們在揮著手。車輛禮貌地停下來，讓路給遊行隊伍。麥克考特的五金農具行今天打烊，村子的街道上空蕩蕩的。到了小學和玫瑰聖母教堂，隊伍暫停下來，掉頭往回走，只是到了麥克考特的五金農具行時，路線稍微有些變更，從右邊換到了左邊。

里森太太打開門鎖，把托盤遞了進來，密爾登似乎看見大夥在田裡吃著雞腿和三明治，酒一瓶接一瓶地開，還有那些在樹籬邊上排排站著的男人。「沒得懷疑了，」他父親說，「這種病吉布尼醫生看多了。」瘋病，他父親只差沒把這兩個字說出口，但是他一走開就有人言之鑿鑿地說，他們根本沒去請教過吉布尼醫生。於是這個家醜就在田裡，從他父親的口中，傳揚開來。

密爾登把牌桌上一副叢林景觀的拼圖倒出來，再慢慢把它們一片片翻回正面。他真的不知道，如果他們開門放他出去會是什麼光景。他不知道他還敢不敢在各處走動，會不會再有那種非做不可的衝動。事情會不會真的過去？會不會還他清白，就像他叔公曾經說過的那樣？慢慢地，他拼出了枝椏中間一隻黑猩猩的圖形。他真希望他在田裡，喝著比利．卡魯喝剩的那半瓶酒。他真希望能感受太陽照在臉上的感覺，感受遊行之後兩腿痠痛的感覺。

他拼出左上角一小塊叢林景觀了，在有黑猩猩的樹林裡，還添了些色彩亮麗的小鳥。母親和史都華說話的聲音從院子裡傳上來，弟弟不知所云地咆哮著，母親不停地安撫。他們走入他的視線範圍內，史都華笨重緩慢地走著，母親牽著他的手。他們走過院子，出了大門，他擠牛奶時，這扇門是上了鎖的。以往天氣暖和的下午，他們時常一起走去小溪邊。

他又開始練習佈道詞。他講著在田裡羞愧難當的父親，和村子裡那些悄無聲息的窗戶。講著他之所以受召喚走入人群，是為著見證那個星期六的午後。他說到了恐懼，這是最最重要的一樣東西。恐懼是士兵和歹徒們的武器，是恐懼讓那村子不敢出聲。因為恐懼，姊姊拋棄了她的家鄉。因為恐懼，哥哥才會去幹那些無謂的殺人勾當。

又過了一會兒，密爾登找到拼圖上大象兩條後腿的部分，扣進合適的位置。他不知道他會不會完成這幅拼圖，或者就讓它攤在發霉的牌桌上，任由它空著中間那一大塊不管了。他其實不明白，為什麼德金．麥克戴維的事故會成為他必說的一個故事。這件事早就存在，他也聽過無數次，可是當他想起果園裡那個女人，當他一遍又一遍看見她向他走來，當她提到恐懼這兩個字的時候，這件事竟有了不同的樣貌。

他又找到一片灰色的大象身體。遠遠地，他聽見車子的聲音。他沒在意，即便聽到引擎震動的聲音變了樣，那表示車子已經停在院子大門口了。大門發出了熟悉的嘎嘎聲，密爾登這才走到窗口。一輛黃色的佛賀開進了院子裡。

他看著車門打開，一個從沒見過的男人從駕駛座走出來。引擎關掉了。男人伸了個懶腰。接著加菲德也走了出來。

「出了人命才能把妳叫回來。」她父親說。

從機場回來的路上，海瑟都不答話。她二十六歲，比愛蒂小兩歲，跟愛蒂一樣，一頭黑髮，身材嬌小。自結婚那天起，她就離開家鄉，徹底斷絕和這些家人的關係。現在不是適合搪塞和偽裝的時刻，她卻感受到這兩樣東西緊緊包圍著她。死亡的行列中又多了一人；這次甚至跟他們所有人都有密切關係。每個死亡都跟某個人，某個家庭，有著密切的關係；這話好多年前她曾經說過一次，沒任何議論，因為沒有人喜歡談論這樣的話題。

快到格萊納威村子了，里森先生減慢車速，還停下來讓兩個年長的婦人過街。她們揮手道謝，他也揮了揮手。最後他忍不住說：

「賀伯真的很好。」

海瑟還是不答話。「上帝召喚他是有目的的，」她可以想見賀伯．柯欽安慰她母親的樣子，「上帝有任務要派給他。」

「愛蒂還好嗎？」

「可想而知。」

她姊姊當然非常難過，父親說。震撼和驚嚇依然存在，深深地刺痛著他們全家。

他們駛入快速道路的車陣裡，里森先生沒把車速加得太快。他說：

「在到家前，我得先把密爾登的情形跟你說一說。」

「是共和軍[27]幹的？密爾登跟他們有牽扯？」

「不要叫他們共和軍，海瑟。不要給他們起任何名號。這票人不值得給他們起名號。」

「可你總得給他們一個稱呼吧。」

「不是他們幹的。跟他們扯不上邊。」

海瑟，只聽說了她弟弟死於暴力——他一個人在家時，遭闖入者開槍擊斃——現在她聽到的是，密爾登堅持有個女人以超自然的形式拜訪他。她聽到他是如何相信那女人是天主教的聖靈，他如何求教於神父，又是如何在街頭巷尾向人佈道。

「他說了什麼人們不愛聽的事嗎？」她問道，完全不理會整個事件裡不可思議的一面。

「我們不得不把他關起來。幹活的時候由我看著他，加菲德根本不理他。」

「你們把他關起來？」

「可憐的密爾登腦子壞了，海瑟。他腦子壞了。有陣子有些起色，也許持續幾個星期，甚至更久。接著又突然說起果園裡那個女人的事。他要去六個郡縣為她佈道。這是他親口告訴我的。他要在每一個城鎮講述他的故事，甚至把可憐的德金·麥克戴維也扯上了。」

「你說你們把他關起來，這是怎麼回事？」

「有時候我們只好把他的房門鎖上。密爾登他不知道他自己在幹什麼，女兒。我們只好把他的腳踏車扔掉，但即便如此，他還是會想辦法走出去。好幾次，他會在星期六跑出去，逼得我和賀伯不得不把他追回來。」

「我的天！」

「這些事情沒辦法寫在信上，妳不能怪我們沒人寫信告訴妳。妳母親不想說，有次我問她：『妳都跟海瑟說了什麼？』她說：『什麼也沒說。』我們就不再提這事了。」

「密爾登發了瘋，居然沒有一個人告訴我？」

「可憐的密爾登是瘋了，海瑟。」

海瑟努力釐清自己紛亂的思緒。一些畫面逐漸成形：房間門上轉動的鑰匙；變了樣的一家人；留在家裡的兩個孩子，成了父母的雙重負擔——史都華白痴懵懂，密爾登語無倫次。「密爾登被人開槍打死了。」當時她接完電話後對丈夫說，太震驚了，密爾登居然會像加菲德一樣被攪了進去。毫無疑問，肯定是加菲德拖他下水的。從那一刻起，這個假設沒有改變過。

他們下了快速道路，繞過克雷加文，再轉過幾條小路。到家了，海瑟發現自己立刻沉浸在這片熟悉的風景中，近鄉情怯，她的思緒不再那麼平靜。不管她這次回來是為了什麼理由，一路上聽了多少紛亂惱人的事情，她還是盡情地享受著這一刻，閉上眼睛，要自己相信回到自己生長的家園是多麼愉快的事情。很快就要到德隆芬了，接著就是安德森十字路口。他們還會經過庫可倫酒店，再轉個彎就是村子。進到村子，一切就更熟悉了；每一棟屋子，每一間茅舍，那些樹林和路口，還有她父親的果園。

27　Provos，Provisional Irish Republican Army，臨時派愛爾蘭共和軍，為統一北愛爾蘭而戰的組織。

「好好安慰妳母親，」他說，「她哭得厲害。」

「是誰開槍打死密爾登的？」

「沒人提起過這事，現在最要緊的是妳母親。」

海瑟不說話，她父親再要開口的時候，她立刻打斷他。

「警方怎麼說？」

「費莫斯一向秉公處理。」

車子經過基山家的屋子，粉紅色的，非常顯眼，小小的前花園裡開滿了翠雀花。接著是馬隆家田地中央的破牛棚，只剩三面牆，第四堵牆已經倒塌；殘缺不全的屋頂全是鐵鏽。緊接著就是果園了，從塗著瀝青的大門望進去，可以看見斜坡下方的小溪。

父親把車開進農舍的院子裡。一隻狗吠了起來，搖著尾巴，來來回回地蹦跳著。每次看見車子回來牠就會這樣。

「好，我們到了。」里森先生努力擺出歡迎的姿勢。「還認得這個老地方吧？」

母親在廚房裡緊緊擁抱她。母親憔悴不堪，兩眼凹陷，兩頰瘦得只剩皮包骨。一隻手握著海瑟的手，抓得死緊，彷彿是在懇求保護。里森先生幫海瑟把手提箱拎上樓。

「坐下吧。」海瑟用另隻手從桌旁拉過一張椅子，溫柔扶著母親坐下。她弟弟隔著廚房對她咧嘴笑著。

「喔，史都華！」

她親吻他，摟著他笨拙的身體。大大的額頭因為長滿痘子而變了形，一頭扎人的短髮刺著她的臉頰很不舒服。

「我們早該發現的，」里森太太低低地說，「我們早該知道。」

「不，這是沒辦法的事。」

「他大概是做了什麼夢。他老是在說這個。」

海瑟想起她在密爾登這個年紀曾做過的夢，只能說一半是夢，因為多半時候她是醒著的——只要閉上眼，就能看見米克・賈格爾[28]在衝著她笑，或聽見U2、毀壞合唱團的歌聲。「保羅・霍根[29]摟著我呢。」愛蒂有一回吃吃地傻笑著說。接著，當你開始跟某個人約會了，所有的一切就變得不同。

「可是，他怎麼會知道有這麼一個聖徒？」她母親悄悄地說。「他從哪裡知道這個名字的？」

海瑟不知道。很可能就這麼莫名其妙地鑽進他腦子裡了，她在心裡這麼想，但沒說出來。現在不管說什麼，母親都聽不進去了。就讓母親相信兒子腦子壞了，也許她會好過些，也或許反而更糟。誰知道呢，從她的口氣和表情實在看不出來。

---

28 Mick Jagger，1943-，英國搖滾歌手，滾石樂團創始成員之一。

29 Paul Hogan，澳洲演員，以《鱷魚先生》系列影集出名。

「別給自己壓力，」她求母親，「別這麼苦了自己啊。」

過了一會，愛蒂和賀伯・柯欽也進了廚房。愛蒂泡了茶，在盤中擺了幾片餅乾。賀伯・柯欽神情嚴肅，愛蒂低聲下氣。海瑟感覺得到，他們倆就像她父親那樣，擔心著她的母親。擔心母親這件事成了大家在哀傷中最實際的一面，也成了一個逃避的方法，一種可以被原諒的分心。完全不受影響的史都華伸手拿了一片夾著粉紅焦糖的餅乾，他粗短的手指和咬爛的指甲襯在粉嫩的顏色上特別難看。

「教會會給他辦一個最隆重的喪禮。」賀伯・柯欽承諾。

加菲德站得離他們稍遠，繫著一條黑領帶，鞋也是黑色的，不是平常穿的運動鞋。海瑟隔著敞開的墓穴看著他，忽然明白了。一小時前她在家裡毫不知情地跟他打招呼，後來和他一起站在教堂裡，她還看著他走過去扶靈柩。現在，在這個淒涼的墓園裡，那些畫面忽然全都不一樣了。原先的恥辱已經驅除，沉默成了一種默契。

「**我將有如以嚼環勒住我的口，**」賀伯・柯欽誦念著，聲音單調沉重，這在教會以外的地方是聽不到的，尤其是在星期天的下午，在他們家的後廳房裡更是從未有過。「**因其能令萬能的主高興。**」

泥土投擲在棺木上。「**我們天上的父啊……**」賀伯・柯欽適時適地吟誦著。海瑟看著加菲德的嘴唇，跟愛蒂及他們父母親的嘴唇動作一致。史都華也在，不時發出一些怪聲音。里森太太拿手帕遮著臉，在突然變強的陽光下依靠著她的丈夫。「**寬免我們對你的侵犯和傷害**。」加菲德的口中也念禱著這些字句。

海瑟力持鎮定，讓所有的事實真相歸位。密爾登肯定受到了阻止。他們，甚至連加菲德在內，都跟他說過，十五歲的年紀會有一些不切實際的幻想。他們告訴他，談論一個天主教聖徒，就像談論天主教徒宣稱看見他們崇拜的某個偶像會移動一樣。可惜無論他們怎麼說，密爾登都不聽從。「你們的身體是活的祭品。」海瑟的叔公威利曾振振有辭地說道。老人在哀悼的行列裡特別顯眼，現在他那張堅毅的臉上毫無表情。

「**阿門**。」賀伯．柯欽念禱，送葬的人們跟著說。里森太太在啜泣。海瑟隨著愛蒂一起走向她，把她攙離父親的身邊。他們都知道，海瑟的思緒還在運轉：她父親知道，她母親，愛蒂，賀伯．柯欽，附近的每一戶人家，還有貝爾法斯特的某些夜店酒吧也都知道，加菲德一度受損的硬漢名聲，現在獲得提升了。

「沒事了，媽媽。」三個女人轉身離開墳地，愛蒂小聲地說著，海瑟無心安慰母親的悲傷，她知道她辦不到。母親會帶著這個揮之不去的創痛走入墳墓；父親在往後每個七月大遊行的日子裡，都會記起這天所發生的大事。家裡的人再也不會提起這一天，但是透過悲痛，他們會告訴自己，密爾登的死事屬必然，事情本該如此：這是他們唯一的慰藉。失落之地收復了。

一天

夜裡勒茲威斯太太醒了多次，在鋪著藍色拼花床單的單人床上翻來覆去，嘟嘟囔囔，腦子裡不斷飛過許多思緒和斷續的回憶。最近她胃裡的食物老是不容易消化。簡單地說，她又胃痙攣了。

勒茲威斯太太夢見自己還是個孩子，她待在車上，哥哥查理去經營超市的印度人家裡作客。幾隻小貓從邦奇家後院翻倒的花盆底下鑽出來，她也在院子裡找著哥哥，現在他去了邦奇家。「不許去打擾邦奇他們，」母親責備他，「人家很忙。」要過好幾條河，街道全沒了；有海灘，和好些帳篷。

在她自己的花園裡，勒茲威斯太太仍在睡夢中，花香隨著夜晚的涼意漸漸淡了。露水凝結在玫瑰和天竺葵上，也附著在大波斯菊的花瓣和黃色金雀花的花穗上。幾隻蛞蝓為了避開有毒的誘餌，拚命往萵苣叢裡爬；一聲不吭的貓咪，離開了自己的地盤，靜靜地等著從石縫裡冒出來的老鼠。

七月天。黎明來得早，屋子的磚塊和爬了半堵牆面的五葉地錦上，全都蒙上一層白濛濛的微光，牆面上有白色的窗框和裝飾用的鐵柵。這屋子和庭園位在一處林木幽靜的區域，由勒茲威斯太太的丈夫一手打造，是他二十年職業生涯的一個標誌，這數字也剛好是這段婚姻的長度。

突然間，勒茲威斯太太完全醒了，她知道自己這一夜的睡眠已經結束。另一張床上，她的丈夫仍在被窩裡動也不動，她起床走到房裡另一頭的窗邊。她掀開窗簾一角，朝清晨的庭園瞄了幾眼，立刻又把窗簾掩上。她回到床上，側身躺著，臉向著她的丈夫，她好喜歡他，她喜歡看他熟睡的模樣。每天這個時候她總覺得頭昏腦脹，一天裡最糟糕的時刻，勒茲威斯太太想著。

伊思佩斯也醒了嗎？她不知道。伊思佩斯是不是也在那個城市裡，與她共享這黎明的微光？是不是也有這閃耀著橙色光芒的街燈？遠方是否也響起了牛奶車嗦嗦沙沙的聲音，甩上車門的聲音，教堂大鐘敲響了五次的聲音？勒茲威斯太太不知道伊思佩斯究竟住哪裡，也不知道她長什麼模樣，想像中，她有一頭短黑髮，俏麗的五官，嬌小的身體，纖細的手指。再過一小時三刻鐘——這一套早晨的儀式持續進行——她會聽見洗澡水的聲音；之後，就是音樂的聲音了。韋瓦第，勒茲威斯太太在心裡說。

她丈夫醒了。他的眼裡有著某個記憶，十分憂慮，這分憂慮在他發現她已經醒了的時候，立刻消失不見。夜裡，她又在做夢，他在夢裡摟著她，輕聲細語地安慰她。這真的是夢嗎，或者只是像夢一般的東西？她試著微笑；她說抱歉，她醒了。

十點，清潔女工到了，勒茲威斯太太外出採買。她把白色小寶獅停在維樂超市的停車場裡，自在悠閒地買了些蔬果、罐頭、晚餐的豬排、苦艾酒和高登琴酒，艾登起司，還買了諾曼地牛油，因為家裡牛油快用完了，另外還買了康福茶和她丈夫最喜愛的家常牌麥片。買齊所有東西，放入車廂後，她轉去視覺陷阱咖啡館喝咖啡。她妝扮得體，頭髮也是最近很喜歡的髮型。不管見到誰她都面帶微笑，女服務員，其他喝咖啡的女人，負責結帳的小姐。還會聊上幾句天氣之類的。

稍後，她在花園裡，胡佛吸塵器的聲音從敞開的窗口傳來，清潔工瑪莉塔正在一間一間打掃除塵。天氣很暖，勒茲威斯太太光著兩條腿，藍色洋裝輕飄飄的，腳上一雙義大利涼鞋既舒服又優雅。瑪莉塔也算是個義大利人，她有位義大利籍的母親，但她的口音和舉止卻是標準的倫敦客，勒茲威斯太太很懷疑她究竟有沒有去過義大利，雖然她口口聲聲表示自己對威尼斯很熟。

瑪莉塔來的這段時間，勒茲威斯太太不喜歡閒著。天氣好時就去花園裡忙東忙西，天氣不好她就在視覺陷阱待久一些，或是假裝寫信和整理抽屜。她喜歡在她和瑪莉塔之間隔起一道門，想盡辦法不去聽瑪莉塔大談她的女兒安格，和那個她有心想讓安格嫁過去，盤算了五年都沒成功的連恩，還有隔壁那戶養著幾條德國牧羊犬人家的事情。

勒茲威斯太太在花圃除草，心裡直巴望著瑪莉塔最好不要一個禮拜來三次，雖然明知道不可能。她從翠雀花叢裡拔除一些心形小葉子，心裡希望那不是亞特先生刻意播種出來的芽，就像去年的威爾士罌粟花那樣。亞特先生不像瑪莉塔，他嚴肅，不愛說話，可是他那慢慢抬起頭瞪著人的樣子，令勒茲威斯太太坐立難安。只要他在園子裡──還好只有星期一一整天──她就絕不進去。

現在不是韋瓦第了，好像是泰勒曼[30]的小步舞曲，勒茲威斯太太在花園裡思忖著。有一回，因為對一位長笛手演奏的音樂好奇，她在一家音樂行看了好多附有文字解說的CD。她沒有買回家，但是出於好奇，她向圖書館的影音部門借了幾張碟片，花一個上午全部聽完。三十六歲，或許還不到，她心目中的伊思佩斯，當然沒結婚，她只想跟她愛的男人生個孩子：這點勒茲威斯太太非常確定，因為她自己也曾經是這麼想的。她似乎能看見在那個小套房裡，飄著剛剛泡好的咖啡香。纖細的手指停止律動。樂器擱在一邊，咖啡倒入了杯子。

那是在法國。七年前的九月，他們在度假，住在聖喬治飯店，勒茲威斯太太發現丈夫有了別的女人。就一封信，航空信封上有著圓潤的女性字體，貼有一張英國郵票，她立刻有數。這封信被誤投進別人的信箱，後來飯店再三道歉地把信交給她，當時丈夫在地中海游泳。「噢，謝謝。」她謝過那個頭髮梳得平整滑順的女接待員，說小事一樁不會介意。她立刻有數：這是一個生不出孩子的老婆的直覺，從那之後她都這麼稱呼自己。這就是為什麼他每天早上都比她早下樓，每年九月都要到法國來度假；之前她從沒有心生懷疑過。她在陽台上查看郵戳，太模糊了看不出所以然，可是上頭的筆跡已說明一切，一個女人只有跟男人有某種關係才會在假日寫信給他。她讀了信，也把它滅了跡，從信裡她知道了過去不知道的一切。

有心形葉子的植物太多了，她看別區的花床上並沒有這些東西。顯然，去年威爾士罌粟花的悲劇又重演了。勒茲威斯太太把那些拔起來的葉子再重新種回去，雖然知道這麼做於事無

30 Georg Philipp Telemann，1681-1767，德國著名作曲家。

補。

「『小傻蛋，』」我直截了當地說，『笨哪，安格，你簡直笨透了。』」

瑪莉塔在廚房餐桌邊一屁股坐下，臃腫不成形的身體把粉紅色的工作服撐得就要爆開，一雙腳暫時從拖鞋裡獲得解放，這鞋是她帶過來的，工作時換上比較舒服。

「不用，我不喝，謝謝。」勒茲威斯太太說，每到中午瑪莉塔遞上即溶咖啡她都會回這句話。真正的咖啡向來與瑪莉塔不和，她覺得那東西有毒。

「她只會一個勁傻笑。這個安格真是完了，老是這個樣子。」

這女人一路看著安格的嬰兒肥慢慢消失，細心照顧著她多病的童年。還加上一個伯納多，她也是如此這般走過來的。這女人就是生上一打的孩子都沒問題，她生養他們，愛他們，她也愛她自己。「我生完兩個就停啦，親愛的。畫了條底線，妳明白我的意思不？他說再來一個，我可不同意。」

一連走了五個，勒茲威斯太太懷過的，只是五次都保不住，第三、四次每天臥床，這五次的連敗告訴她不可以再試了，她還是想要。當時她的年紀應該就跟丈夫外頭那女人一樣：三十六歲。也是在那年，她終於接受自己是個不能生育的妻子。

「那小不點連恩，挺好挺正派的一個小伙子，安格居然看不見。哪天她抬起頭看見了，人家早跑了。跟她呀，簡直就像在跟一堵牆說話。」

「安格在戀愛嗎？」

「隨便吧，親愛的，怎麼說都行。只要跟安格提這事，她就一個勁地傻笑。是啊，連恩是矮小，一個小不點。可是個子小又有什麼關係呢？」

在水槽邊洗著手上的泥垢，勒茲威斯太太說，一個人個子小確實沒什麼關係。她也不只一次聽說過，那人連五呎[31]都不到。但是身強體壯，像頭牛。

「我直截了當跟她說了，親愛的。去等妳的彪形大漢吧，妳會後悔一輩子的。最後對誰都沒好處，妳等著後悔吧。」

「一點好處也沒有。」

這正是她在聖喬治飯店陽台上的想法：沒有子嗣的婚姻，對任何男人來說都只有失望。她斷了他的香火，當然，這話他從沒說出口過；他絲毫沒表示過。可是她確實失敗了，而避談領養的事更加重了她的挫敗感。她根本沒這個打算：她不是那種願意接受別人家孩子的人。她只想要他們自己的孩子，那才是他們愛的結晶，才是屬於他們婚姻的結晶。這個觀念愈來愈深入她的腦子。在聖喬治飯店，當那封信出現的時候，不能生育的狀態已經存在好些年了；他們倆一起與它和平共存，至少她是這麼認為的。這封信改變了一切。這封信驚嚇了她；她早該知道的。

31　約一五二公分。

「哪天我們真得找個洗窗子的人來，」瑪莉塔把餅乾浸在咖啡裡說，「太可怕了，樓上的窗子。」

「我會打電話給他們。」

「妳不會介意我提起這事吧，親愛的？現在的價錢比以前足足貴了兩倍，不便宜哦。」

「我真的是忘記了。我沒想到——」

「我常說最好可以定期清洗。」

「我今天下午就打給他們。」

當時在聖喬治飯店，勒茲威斯太太什麼也沒說，往後也隻字不提。他不知道她已經發現了；她希望不露一絲痕跡。她在飯店的露台上坐了一個小時，仔細推敲。說吧，只要開口，她想，只要她開口真相就會大白。接著他就會溫柔地解釋事情不是她想的那樣。他一直如此溫柔，尤其對於她不能生育的狀況；他為她難過，對婚姻的誓約負責，對她不離不棄。他原本有意收養一個東方小孩，有雙細鳳眼的小東西，可是她沒興趣，他也就作罷。

「只要窗戶一乾淨這地方就亮眼了，我常說。」

「是啊，當然。」

他游泳回來；那位在交響樂團演奏樂器的女人寫來的信已被撕成碎片，扔進停車場最遠的一個字紙簍裡。「好看極了，這個。」他過來坐到她身邊，她說。她指的是邊上擱著的那本《有些人就是不》。他說這書在學校時候就讀過了。

「等他們來了我就洗窗台。這七月蒼蠅多得嚇死人。髒死了。」

「我問問他們下星期能不能過來。」

信封上沒地址，只有日期：九月四日。不需要什麼地址，他當然知道，從信上的語氣來看，他們已經在一起很多年了。她不知道那代表什麼，他對她的態度，讓人既看不出也想不透這改變是哪時開始的。一點也沒改變，他待她始終如一：說話動作始終不急不緩，方正健康的面容仍是原來的紅褐色，那稍許的灰髮也絲毫不減損他的迷人魅力。就算有別人覺得他魅力非凡也沒什麼好意外。遊遍法國後，回到英國，她漸漸習慣假裝那個名叫伊思佩斯的女人並不存在，只有在獨自一人的時候，她才會無止境地亂想一通。

「我去打掃樓下，」瑪莉塔說，「結束了我就得閃人啦，親愛的。」

「好，忙完了妳只管走吧。」

「星期五我會來加班，親愛的。我還欠妳三刻鐘呢。」

「啊，沒關係的。」

「做人講究公道，親愛的。今天得趕二十分那班車，伯納多在等著吃飯呢。」

「是啊，當然。」

瑪莉塔一走，屋子就安靜下來，勒茲威斯太太再次感到自在。接下來的時間都是她一個人的，一直到入夜時分。她可以只穿著襪子在各個房間遊走，電話響了也不去接。興致來了，她可以打開電視看一部黑白老電影，她最喜歡英國片了，四〇年代那些美女說話的腔調，麥可・懷丁[32]又回春了，還有安・陶德[33]。

她午餐吃得不多。這一整星期都是如此：在最喜歡的麗滋餅乾抹上一點乳酪，喝兩杯琴酒加馬丁尼。在寬敞的起居室裡，勒茲威斯太太脫掉鞋子，全身舒展地攤在其中一張沙發上。馬丁尼的酒勁襲了上來，很快她便心神舒暢地闔上了眼。

身邊的那一堆照片當中，有一張是結婚照，嵌在圓形鏤花面的銀色相框裡。一九七四年八月二十六日：這大半日裡，她思來想去的就是這一天。「我就知道這事會成。」母親說話向來直爽，在婚禮前一晚，就在第一次跟女兒未婚夫的父母見面時，她這麼說。這句話引來一陣沉默，接著有人放聲大笑。

她伸手拿一片麗滋。當年在婚紗底下若隱若現的褐色秀髮現在成了金黃色，也變長了，所以才往上梳，適合中年的打扮。當年她很美，現在則很端莊；仍舊手腳纖嫩，體重也只略微增加一些些。她的牙齒依舊潔白無瑕；只有那一對淺藍色的眼眸，曾經清澈無比，現在開始模糊了，好像對不上焦點似的。後來，她母親在婚禮前晚說的那句話變成了一個笑話，因為這個婚姻當然是成功了。一對珠聯璧合的夫妻；一段幸福美滿的婚姻，人們說——直到現在還在說——唯一可惜的是，沒有孩子。勒茲威斯太太相信，應該沒有誰知道他另外有女人。他不會讓人知道的；他不會讓他的妻子難堪的，那不是他的作風。

勒茲威斯太太每天抽一根菸，現在她躺在沙發上抽著菸，還未斟上第二杯酒。那個九月假期裡剩下的日子，再沒有任何信件，她非常確定。計畫生變的結果亮起了警訊：私通的事意外被發現了，茲事體大，他必定會害怕。「請妳體諒，我真的很抱歉。」他必定會這麼說，伊思佩斯想當然會尊重他的意願，儘管對她來說，人不在的時候給他寫信，是件大事。

「就這一杯。夠了。」勒茲威斯太太一面起身為自己斟上第二杯酒，一面大聲說著，反正周圍沒人，不會嚇著誰。過一會兒，她卻又在臥室一個抽屜裡的內衣底下，搜出一瓶高登威士忌。她倒了些酒，再就著浴室的水龍頭摻了些水進去。酒瓶回歸原位，她拿著這杯酒下樓，麗滋餅乾收好了，方才喝過兩杯雞尾酒的玻璃杯洗淨瀝乾，也回歸到放玻璃杯的位置。不透明，跟浴室一樣的藍色，現在使用的盛酒容器是放牙刷的杯子，這杯子比原來的雞尾酒杯重得多，起碼重了三倍。味道也不同，塑膠杯體握在手裡的感覺很不同，不像玻璃那樣冰涼又有型，貼在唇上的感覺也溫暖許多。下午了，剛剛過完的上午似乎已很遙遠，這個午後和昨天、前天的午後銜接著，這樣日復一日的重複必定有個起頭，只是這個起頭現在已找不到了。

他現在跟她在一起。他們倆在她的小套房裡，她是個獨立自主的女人，這套房想必就她一個人住著。下午三點，勒茲威斯太太想著。要找藉口並不難；以他現在公司的位置，甚至連藉口也不必。跟他常提到的那些生意夥伴一起用餐，在米蘭諾或是蝸牛餐廳吃完午餐後，叫一輛

32 Michael Wilding，1912-1979，英國舞台劇、電視、電影演員。

33 Ann Todd，1909-1993，英國演員、製片。

計程車就去了小套房，他第二個家。

「想不到吧！」他會對著門口的對講機說，然後他脫下外套，她泡茶。「今天下午不回去了。」只要在電話上對他那位戴著眼鏡，忠心耿耿的祕書說一句就行了。

他們坐在通往小陽台的落地窗邊上，這會兒窗子敞開著。這小陽台特別適合夏天，兩個裝飾花盆裡盛開著天竺葵，透過飾著金屬渦紋的欄杆可以看見陽台下方來往的行人，攏起的窗簾絲毫不受清風的干擾。茶杯有著一抹淡淡的粉紅。話題是管弦樂團，下一站要去哪裡，她會離開多久，確切的日期是最重要的。想像中的冬日場景也很相似，除了坐的位置，他們會坐在那幅《罌粟田》[34]複製畫底下的暖爐旁，窗簾垂掩，因為窗外天色很暗，即使時間還早。冬天，他們不再觀察路上來往的行人，換上的是馬勒[35]的光碟片。

為什麼不能呢？勒茲威斯太太想不通，十點零五分，喬治・方拜[36]的電影結束了。他為什麼就不能今晚回家時坦白說他失算了？「她有了孩子。」他為什麼不簡簡單單地說出來呢？伊思佩斯的樂團這麼忙，她忙著到克利夫蘭、芝加哥、舊金山、羅馬、塞維亞、尼斯、柏林巡演，怎麼可能有時間做一個母親呢？可是，伊思佩斯當然要這個孩子，他的孩子。戀愛中的女人都是這樣的。

活靈活現的，勒茲威斯太太看見了那個孩子，一個小女孩坐在花園裡一張小地毯上，遮陽傘撐開著，亞特先生在香豌豆花叢裡拱著身子。瑪莉塔在廚房裡吆喝：「天哪天哪，妳看看妳！」孩子是他的，勒茲威斯太太想著，又再倒了一杯酒；事情演變至今，也不差這一步了，孩子是她的又怎樣。乞丐能有什麼選擇。

五點十五分，她開始害怕了，同樣的恐懼先前也在聖喬治飯店的露台上出現過，她手裡還握著那封信的時候。他要離開她了；留在一個生不出孩子的女人身邊僅僅是出於憐憫；他會找到勇氣的，一旦有了勇氣，他的心就會硬起來，然後離開。

有一回，不久前——也許是一年多前，記不得了——她衝動地說，當年抗拒領養孩子的事她錯了，說不是他們兩人生的孩子她不想要也是錯的。他只搖了搖頭。他們已經過了中年，他說，要再領養不容易了，事情就此為止。又有一天，在電視上看到有位婦人從嬰兒車上抱走一個嬰兒，她非常同情那婦人，別人根本沒什麼感覺。之後每逢看見嬰兒車裡的小寶寶，她就會想起那個把小孩抱走的婦人，還有些時候，她會想到那個把孩子抱走的小保姆，和那個從醫院病房裡抱走小孩的女人。她向他傾訴自己的想法，他摟著她，為她拭去淚水。今天下午，這分恐懼持續了半個鐘頭；到了五點四十五分，她想通了。再給他一千年，他也狠不下這心腸。

「我得走了。」他在朋友的小套房裡說。他們不看窗外來來往往的行人了。他們再次擁

---

34 Poppy Field，莫內的名畫。

35 Gustav Mahler，奧地利作曲家。

36 George Formby，1904-1961，三〇至四〇年代紅極一時的英國演員。

抱，然後他離開了。跟著他一起走的，有她的唇印，她依戀的笑容，還有一整個下午被他握在手裡的一雙纖纖手指。車子在車陣中穿梭，這條路他太熟了，根本不需要花腦筋。小套房裡的她吹奏著樂曲，從樂聲中求取慰藉。他有女人沒什麼不對：在飯店露台上時，她便決定了。就在她將握在手裡的信毀屍滅跡前的一小時裡做的決定。她知道絕不可以說出她的發現，她並不想阻止他。

情侶吵架了。情分結束了。伊思佩斯過著怎樣的人生啊，只能從他不願放棄的婚姻中獲取一些殘羹剩飯？為什麼她還樂此不疲？「不行。」當伊思佩斯設計讓自己懷孕，逼他攤牌的時候，他會這麼說。他仍舊是這句老話，於是曾經有過的浪漫全部亂成了一團。他會回到他的棄婦身邊，坦白一切。「她到處旅行，妳知道的。她必須到處旅行，她絕不會放棄她的音樂。」原諒一個人需要多少時間？該不該假裝生氣？要落淚嗎？他的朋友設了陷阱，他繼續說著，一個溫柔的陷阱，就像那首歌裡的：他的軟弱擺布了他。他滿口抱歉，懇求諒解和寬容。那女人其實扮演了一個要角，只是她不知道罷了；沒有那個女人，就不會有這圓滿的結局。

她為晚餐擺好了餐桌，格子紋的餐墊、餐具、胡椒鹽、德國芥末、酒杯，一天下來他總要小酌兩杯教皇新堡紅酒。酒瓶擺在桌上，瓶蓋提早打開了：根據以往經驗，做完菜再趕著開酒就麻煩了。酒需要呼吸，透氣，這是多年前他教她的。

她進廚房處理早上買來的豬排，把上面的肥肉切掉。早上，感覺像是很久以前的事了。這道菜她打算按照瑪莉塔的作法：把豬排浸在番茄醬裡，再加些洋蔥和胡椒。碎花面的工作檯上，那個藍色杯子裡又幾乎倒滿了酒，她時不時就拿起來喝上一口。這肉滑得厲害，雖然，它其實根本沒在動。用刀得特別小心；小指上的OK繃，從一星期前到現在還貼著。收音機裡，韓福瑞．里泰頓請他的樂團宣布將在殯葬會館演奏〈新來者〉。

「當然，」勒茲威斯太太大聲地說，「我們當然會給那孩子一個家。」

再五分七點，勒茲威斯太太不加考慮地把藍色塑膠杯沖洗乾淨，放回浴室。在聽到車輪轉上柏油路之前，她舉起琴酒瓶直接對口喝了兩次，再按照慣例，給自己斟上一杯高登加馬丁尼的雞尾酒。就在今夜，她知道。他會一臉愁容地進門，站在門邊，暫時不走過來，接著也給自己倒杯酒，慢慢坐下，開口跟她說。「很對不起。」開場白應該會是這樣，她會制止他，跟他說她猜得到他要說什麼。等他說了二十分鐘，所有的空隙都填補之後，當然了，她會說：「那孩子必須回來這裡。」

車庫鐵捲門聒噪了一陣後終於定位。勒茲威斯太太急忙把綠色酒瓶再舉到嘴邊，因為她忽然覺得有此需要。有時當她心情忽而陰鬱的時候也會這樣，今天來得突然，就在她悄悄告訴自己明天一整天都不會再碰一滴酒的時候。她還想著，今夜開這一瓶應該夠了，如果不夠就再開一瓶，酒多得是。畢竟，今晚是值得慶祝的夜晚。在一個夏日裡，就像剛剛過去的這一天，一個小女生會住進只有客人才能睡的大房間。她下樓，打開話匣子，聊起她的朋友，老師，心事，還有一首她看不懂的詩，接著他們在廚房餐桌上一起用心地讀著。噢，我真的好愛你，勒茲威斯太太想著，在滿滿的詩意和韻腳中。

廚房碎花紋的工作檯上，勒茲威斯太太處理的那些肉還在，肥肉已經切掉了一部分，刀子仍在另一塊豬排上切著。稍早削好皮的馬鈴薯浸在一鍋冷水裡，剝了殼的豌豆在另一鍋。每天晚上，她丈夫回到家的時候，廚房裡經常就是這個樣子。他抱著她的時候好溫柔，從來沒變過。

嫁給戴米恩

「我要嫁給戴米恩。」瓊安娜說。

克蕾兒沒當回事。她微笑點頭，專心解開一個纏在花園藤蔓上的球。我說：「唔，真好。可是戴米恩已經結婚啦。」

沒關係，瓊安娜說，重複著她的決定。瓊安娜當時五歲。

二十二年後，戴米恩站在這片開滿矢車菊、藍薊和葵花的草地上，就在板柳樹下，瓊安娜宣布**婚訊**那年，那還不過是株兩呎高的矮樹。他戴著藍色太陽眼鏡，一身看起來還很新的粉藍西裝。成強烈對比的是他的領帶，紅金相間條紋——似乎是某個跟戴米恩不搭軋的俱樂部的會員標誌——又窄又長，襯衫領也磨損了。我們沒料到他會來，我們已好些年沒有戴米恩的音信。

一九八五那年春天，克蕾兒後來估算過，那是他第二次離婚，跟紐約州北部的一個美國寡婦。在那之後，是一個住在威尼斯的英國女人，對於那個女人我們一無所知。瓊安娜宣布童年志願的當時，戴米恩已經結婚了，對象是他三任妻子中，我和克蕾兒唯一認識的一個：基拉羅聖公會主教的女兒，一個苗條漂亮的女孩。我們是到了婚禮才認識她的，那時我擔任戴米恩的伴郎。

戴米恩在這麼多年之後突然走進我們花園時，我其實睡得正熟，我想克蕾兒也是。我們賴在躺椅上，克蕾兒的幾隻小狗也攤在她的椅子底下，躲避午後的太陽。

「嗨，」戴米恩說，「戴米恩來啦。」

我們吃了一驚，不過也還好：突如其來是他的習慣。他從不先來電話，或是寫封信、寄張明信片打聲招呼。這麼些年，不管什麼季節、哪個時間，他都回來過，有次甚至在凌晨兩點把我們叫醒。每次他都會把他碰上的倒楣事詳細報告一番，目的就為借一點小錢。這些借貸都是有去無回；甚至拿到錢後，他連裝個樣子說兩句好聽的都沒有。

「戴米恩。」克蕾兒給他一個擁抱，大笑著，促狹地說他這套可怕的西裝是怎麼回事。我問他這些年都去了哪裡，他說啊呀，很多很多地方啊，溫哥華，奧勒岡，西班牙。克蕾兒一面讓座，一面說要去泡茶，叫他多坐一會兒。他是我們需要的興奮劑，克蕾兒說，因為她老擔心我們一個不留神就會淪為痴呆。這套西裝八成是哪個女人給的，我們倆都這麼猜測。

「我在西班牙不太舒服，」戴米恩說，「像是中了暑。」

我和戴米恩同年，我倆都不再年輕了；那天，當我們一同坐在花園裡，我們都已六十出頭了。克蕾兒小我們五歲，她身材高挑苗條，在她身上除了優雅我不相信還有其他說法，當然我也可能錯了。我們結婚後，她就住到這個我最熟悉的鄉下小鎮，變身為醫生娘和診所的接待員，成了一兒一女的母親，幼兒園的園長，也是第一位教導鎮上文盲閱讀的婦女。

戴米恩總是一逮著機會就立刻離開這地方。記得前一次回到這裡，他還帶著一根銀頭手杖——顯然在擺闊——現在那手杖早扔了，毫無疑問地，它已經發揮引人注意的效果，戴米恩就是這麼愛慕虛榮。他動作俐落地坐到克蕾兒讓給他的椅子上，可是他的關節似乎在抗議，有那麼一瞬間，他眉頭皺了一下。他淡金色的頭髮現在處處可見灰白，我想他也不在乎這個了，他似乎也不在乎那一口已然萎縮、失去光澤的牙齒，手背上塊塊相連的老人斑，還有額頭上那乾得像舊羊皮紙似的皮膚。但是那天，他的眼裡看不出絲毫對命運與未來的妥協；對於什麼叫「應該」，什麼是「認分」，也沒有一丁點的猶豫。光憑這一點，戴米恩依然是年輕的。

他自小就是一張瘦臉，一副營養不良的樣子。整個人有稜有角，可完全沒有容易伴隨那形貌而來的矬樣。那天，我注意到儘管戴米恩的關節有些問題，他依舊泰然自若，表現得體。就像過去每一次到訪，他一開始總是態度愉快友善，愈往後則愈喜怒無常——回話時不是蠻橫不講道理，就是悶聲不吭氣。

若以職業分類來說，戴米恩應該是個詩人，雖然我認識他以來，從沒看過他寫的一字半句。多年前有人告訴我們，他有過成群的慕名者，而且至今還有一些地方上的人認為那是應該被廣泛聽見的**一個聲音**。那本定名為《一隻鴿子的緩慢死亡》的集子——內容單薄，我和克蕾兒始終這麼認為，那不足以表現戴米恩所謂的才華洋溢——大概就是他全部的傳世之作。遲早我們一定會收到這本《一隻鴿子的緩慢死亡》，有次來我們家的時候他這麼承諾，我們卻始終沒收到。

「唔，就這麼回事。大概就是這樣。」克蕾兒端出了茶點，我再去搬了把椅子出來，他臉上微帶笑意地說著。他把中暑和在溫哥華那些乏善可陳的話題又對我重述了一遍。沒錯，他承認，最近幾次的旅行都跟某個女人有關，這也是他東奔西跑的主要原因。至於粉藍西裝是不是一份禮物，他不多做回應。戴米恩不認為那有多重要。

「我還以為會死掉。」他又回到中暑的話題。當我問起當時怎麼處置，做了什麼治療，他又含糊其辭。

「沒什麼看頭，」他顧左右而言他地說，「哥雅[37]那些東西。」他自信滿滿地說，西班牙真是被吹捧過頭了。

難道那個女的是西班牙人？我想著，想到那些舞孃，一口潔白的牙齒，咬著一枝紅豔的玫瑰，不停旋轉的黑裙，黑色秀髮上綁著紅色的緞帶。我那些醫生同事裡，有人喜歡做做小農，種種東西，讓田野的風吹走鬱結在會診室裡那些攸關生死的凡塵俗事。有人專門蒐羅珍本書，打造櫥櫃，談論政治，讓園藝或運動成為生活裡的調劑。對我來說，戴米恩不期然的出現，問問他在這一來一去之間都做了些什麼，就是最好的消遣。這當然跟一下午坐在拖拉機上，或是想盡辦法找出夸拉出版[38]的葉慈珍本沒得比，只是天性使然，我就是懶啊。

「又一章結束了？」克蕾兒在說話。

「根本還沒開頭。」

後來，我在廚房倒酒，克蕾兒說羊肉應該夠了，還有馬鈴薯和櫛瓜。我們聽見瓊安娜停車

37 Francisco Jose de Goya y Lucientes，1746-1828，西班牙皇室的宮廷畫家，浪漫主義畫派。

38 Cuala Press，一九〇八年葉慈和他妹妹合辦的一家愛爾蘭私人出版社。

的聲音，接著是她充滿驚喜的叫聲，戴米恩在跟她打招呼。

我端著一托盤的飲料進花園。戴米恩那只黑色小手提箱——這麼多年我們跟它熟得很——就擱在剛剛坐的躺椅邊的草地上。我看見它了。

他這次來仍循著那套熟悉的模式。小手提箱裡裝的都是需要清洗的襯衫、內衣褲和襪子，而且這些送進洗衣機的衣物幾乎都需要做一番修補。此外，戴米恩身無分文；他還叮囑如果有人來電話找他，別說出他在這裡，但不大有這可能，嚴格來說根本沒人知道他的行蹤。

小時候，我和戴米恩常在道爾破屋裡玩耍，他的鄔娜姨就是在這棟灰色破屋裡把他帶大的。現在道爾已經不在，先前賣給了一個中意那些鉛皮屋頂的建商，再後來整棟屋子就被剷平了。戴米恩的鄔娜姨是在一棟行動車屋裡喝酒喝死的。她枕在枕頭上的腦袋忽然歪到一邊的時候，我在場，親眼目睹她往生的一幕。在我們童年時期，她一直是個模糊的存在，在那棟老屋子，以及那座遺落的花園裡，有著高高的個子，身形健美，卻又像是另外一個人的鬼魂：據說那個人就是戴米恩的母親。人們記得當初她帶著一個嬰兒來到這裡，他們說老屋是那個讓她懷孕的男人買的，連同沉默也一併送給了她。

這些事我都是後來才知道的。八歲的時候，我就知道鄔娜姨是他的阿姨，之後也從來沒懷疑過。我和他被送進了不同的學校——當初出主意的人說那是逼不得已的，何況戴米恩的食宿費用也是個大問題——但我們的友誼絲毫不受影響。戴米恩有時簡直像個稻草人，因為他阿姨連他身上的衣服穿不下了都不管，但他很好相處，很難讓人不喜歡他，是我成長的無趣環境中的開心果。我們在鄉間漫遊；在賽馬地閒蕩；年歲稍長後，只要其中一人身上有錢，我們就去星期五舞廳跳舞；我們夢想跟白蒂娜・諾德談情說愛，她是孟斯特蘭斯特銀行的行員。很突然地，我們中斷了聯繫，而且中斷很長一段時間：戴米恩在十九歲那年離開故里，一走就是十四年。這段時間裡，他的鄔娜姨死了，她的屋子也沒了。聽說這一長段時間裡，他從沒寫信給她，也沒有任何聯繫，這件事令人吃驚，因為他一直很喜歡她。不過既然連我都沒有他的音信，這件事也沒什麼好奇怪了。對戴米恩而言，這種人去樓空的情境是不能以任何方式填補的。在這十四年間，我和他只碰過一次面，在基拉羅，他的第一次大婚。

「你知道的，我很想再去看看道爾。」他說，就在他穿著粉藍西裝出現的第二天。於是我們去了，那兒實在沒什麼看頭，甚至連鄔娜阿姨死於其中的那台行動車屋也是。在遍地都是的刺藤和整片蕁麻底下，或許還會有一些遺物，但光憑肉眼怕也難尋覓了。我們繼續走了一小段路，看見以前廚房園子的圍牆，好些地方都爬滿了常春藤，有些地方已經崩塌了。

「你沒辦法再重建道爾了。」聽他表示這個心願的時候，我明說。「沒有錢根本辦不到，戴米恩。」

他嘀咕了幾句，這是他第一次出現不開心的口氣。似乎是在抱怨，對自己的無能為力發牢騷，接著：「那條路……那扇門……」

那是什麼詩句嗎？我不知道。有時戴米恩說出來的話是跳躍式的，沒有上下文，好像根本不屬於任何談話。

「那房子。」我也開始了。

「啊，已經不是那房子了。」

克蕾兒的幾隻小狗東聞西聞地嗅著野兔的氣味。我們站在那裡，九月的太陽很熱。戴米恩心中沒有不可能的事，在我們的年輕歲月裡，他總是用他的樂觀鼓舞著我：偷捕鮭魚什麼的，再簡單不過；賽馬賭注或酒錢，簽個借據就是；白蒂娜・諾德的眼睛在向他傳情……之類的。這在當時真是一種討喜的特質；我不那麼確定這特質是否還在。我不太習慣懷舊講古。在我們年少青春的時候，從未想過跟誰借錢，因為無人可借；也不講究客套，因為犯不著隨意客套。對於鄰居無理取鬧的恐嚇也不會太過緊張。

「現在這屋子是誰的？」他問。我說是那個拆了鉛皮屋頂建商的兒子所有。

四下只聽得到幾聲烏鴉叫和偶爾幾聲狗吠。道爾一直很安靜；那個高又漂亮的女人在一間一間房裡飄浮，或在摘取最後一批桑葚；還有就是那些在金針花裡採蜜的蜂。

「什麼？」我說，我還是聽不清戴米恩在嘀咕些什麼。心情仍舊不好，他不直接回答，只說繆思女神不會在這地方沉默不語。

我在過六十歲生日時退休，因為覺得是時候了，雖然我也曾幻想可以繼續加減做下去，就像當年父親在同一棟屋子裡，一直做到去世的那天。「未來會是什麼樣子呢？」年輕時，戴米恩老喜歡沉思這類問題，對他來說，愛爾蘭西南這個熟悉小城之外的世界，才是一個刺激又值得探索的地方。至於我的未來，不用說我們兩個都知道：會有我父親的這棟屋子，那些舒服、擁塞的房間，令人心神舒暢的花園；也知道這條狹窄的大街，那些店家老闆、牧師和乞丐，那間煉乳工廠，燒毀的戲院，無精打采的法院，煥然一新的醫院，老舊不堪的收容所，監獄……但是我們誰也猜不透，戴米恩的將來會是怎樣。

「都還好吧？」戴米恩問我，那天從道爾回來的路上，他心情突然又變好了，彷彿終於想起來我是誰。「這陣子什麼也不做，還好吧？」

「是啊，都還好。」

事實上，不只還好而已，退休後的一切都簡單多了。大家的身分不再是病人。偶爾在街上遇見，聊天說話也少了分尷尬；雖然私下我還記著雷諾的病尚未痊癒，弗羅里屈的症狀也未好轉。寒暄時，他們不必再跟我分享一些難以啟口的隱私。經常會有年輕的面孔出現在我眼前，過後才想起當年他呱呱落地的時候我曾見過；有時聽聽對方說起那些孩子長大後在體育或其他方面的成就，或是哪些人已經在籌劃婚禮了。煩憂拋諸腦後，再不必胡思亂想，就像背痛沒有了，那些縫線的傷口，血壓，後方小病房裡那股生病的氣味，全都沒有了。

「是啊，挺好的。」我在崔諾飯店的酒吧裡說。「你呢？」我問他。「最近如何，戴米恩？」

他又開始悶悶不樂，聳了聳肩膀不答腔。他瞪著站在吧檯邊一個男人後背的一條夾克裂縫。忽然說：

「我常常想起道爾。不管在哪裡，我都會想起。」

從他的語氣，懷念這個地方是一分慰藉，他的年輕歲月曾在這裡度過，即便——其中暗示著——有過苦痛或悲愁。接著，戴米恩又說，彷彿是在回答我一個沒有問出口的問題：

「哎沒錯，一種靈感的啟發。」

他杯中的威士忌喝完了。我走去吧檯加點，崔諾先生一面為我倒酒，一面問起我的兒子，這孩子正在新南威爾斯當醫生；也問起瓊安娜，她六個月前回到小城，在監獄裡工作。「她回來你們一定很開心。」崔諾先生說，我贊同，不過他也提醒說，她遲早還是會離開的。我笑著聳了聳肩膀，沒心思跟他聊這些話題。難道這些年來，道爾是詩人的靈感嗎？我納悶。或者在那句不清不楚的話中，還有其他我沒聽出來的意思？

「我認出他來了。」崔南先生壓低了聲音說，在我答覆了他的問題，告訴他戴米恩是誰之後。「你這一段時間都好嗎？」他大聲招呼，戴米恩也大聲回了句：「我們都老大不小啦。」

「老天，這話真實在。」崔南先生同意這說法，搖頭晃腦地裝出一副之前從沒想過這事的表情。

我拿起零錢，回到我們的座位。

「不必富麗堂皇。」戴米恩說，好像我剛剛的**缺席**完全不影響方才的對話似的。「隨便拼湊起來的一間小屋就行了。這些事……」他不再說下去。「現在我有時間了。」

我啜著酒，佯裝很感興趣的樣子。戴米恩這輩子最不缺時間。他一直在虛耗時間，出手大方，像個敗家子，無所事事地在時間裡打滾。或許詩人都是這樣的，也許這是他們生活的方式吧，我不知道。

「一點一點地攢吧，」戴米恩繼續，「不好說。啊，不過是個念頭。」他補上這一句。這該是我們最後一次聽他說春秋大夢了，我終於可以放心下此結論。畢竟，他手上並沒有任何財力能蓋出他口中那棟屋子，那麼向我的借貸也就可以免了。「這個老傻子戴米恩。」克蕾兒聽完我的話後說，臉上還是掛著只要談到戴米恩，就會出現的那副寬容又溺愛的笑容。

接著，十分突然地，所有事情全變了樣。大概就在這同一個時間點，兩天後吃晚餐的時候，我和克蕾兒意識到我們的女兒又再度迷戀上這個曾經一心想要嫁給他的男人。直到今天，我都能聽見他們倆在我們家中餐廳說話的聲音，我和克蕾兒啞口無言，戴米恩則笑個不停。到今天，我都能清楚看見瓊安娜臉頰上泛起燦爛的紅暈。

「妳住下來了，瓊安娜？」戴米恩問。「在這兒？」

「目前是的。」瓊安娜說。

監獄在城外兩哩路，灰色高牆後一大片鐵灰色建築，發生時疫那次我去過幾次。*Ad sun and labor.*（廣告太陽與勞動），一個愛搞笑的犯人在他為典獄長做的日規上，刻了這麼一行字，之後竟成了訪客參觀時的一個話題。瓊安娜原本是在都柏林和英格蘭的監獄裡工作，她之所以來這兒是因為與我談話時，她意識到「更生」這部分——這是她的專業領域——做得不夠。這是很大的挑戰，在這個小城，這個她出生成長的家門口，大環境令她在專業上不能坐視。

「我記得有一回跟一個剛出獄的人坐同一節車廂。」戴米恩說。

「他在車庫搶劫。」

在瓊安娜眼裡，坐牢是給罪犯一個改過自新的機會，一段重新跟世界和自己修好的時間。她是個樂天派。非得這樣才行，她堅持。

「是路邊沒人看管的車庫，」戴米恩說，「一個在加油站幫忙的孩子。」

「他有沒有說——」

「他只說希望下次別被逮到。」

在這些對話背後還有一些別的東西，一種共享的悸動；一問一答間，儘管隔著桌子，兩人手指還是碰到了。我把刀叉推到一邊；克蕾兒說了兩句誰也沒在聽的話，就去了廚房。

瓊安娜嬌小，一頭黑髮，很漂亮。她周圍一直有愛慕者，有個繪製地圖的人向她求過婚，也跟一個鳥類學家有過一段不算短的戀情，可是每當一份關係到了應該穩定下來的時候，她對工作的熱忱總是會把她拉回來。那分熱忱彷彿是在衛護自己的付出，好像如果她對工作少了點付出，就是對不起她自己。那些累犯、畏罪者、慣犯、虧空公款的初犯、販毒者、搶劫犯、偷竊犯、強姦犯，他們才是她的情人。她在他們內心找到了善，不過，她在跟我們談起這些人時，並不強求我們也要跟她持相同的看法。她從來不說教，也不會為了堅持己見而翻臉，人們對於她的執著往往感到非常訝異，想不到在這樣柔弱的外表下，竟是如此剛強。我和克蕾兒雖然嘴上從來不說，但我們的女兒確實很了不起。

那晚隔著餐桌，她變得很拘謹。她的眼神中有著順從和尊敬，對於我們那位客人所說的每一句極其普通的話，彷彿只要他開口有所表示，不管是什麼她都會乖乖照做。我端著碗盤，跟著克蕾兒進了廚房。「我一直就想做這個。」瓊安娜說。戴米恩用一種平常談話少見的方式，引她說出這番話。「我從來沒想過做別的事。」

我們，我和克蕾兒，在廚房裡沒說話。甚至連互看對方也沒有。這是我們的錯；我們默許了這個宿命，任它自由伸張。那些條件合適的愛慕者——黑頭髮的繪圖員、鳥類學家，和其他幾位——絕不是一頭喜歡把時運不濟、窮途潦倒的人拖回家的獵犬所想要的。餐廳裡談話的聲音還在繼續著，在廚房的我們有種被侵犯的感覺，克蕾兒把覆盆子倒進一只藍色玻璃碗裡，我把咖啡舀進濾杯。「我還記得當年我親耳聽到妳出生的消息。」我們回餐廳時，戴米恩正說著。

當年是我告訴他這件事的。瓊安娜由我親自接生，我和克蕾兒同時聽見她的第一聲哭聲。「是個女孩。」戴米恩在六個月後來訪時我跟他說，那是一個正月裡的寒夜，我們喝著我拿出來的威士忌。「有個女兒多好啊！」他喃喃說著，當時我們倆低頭看著克蕾兒床旁邊的嬰兒床。他說得對，女孩和男孩一樣好，能組成一個家庭就是好的。即便是在當時，兩個不同的人格特質已經十分明顯：我們的兒子隨和，很少發脾氣；瓊安娜自信滿滿。五、六歲時，憑著一雙長腿和決心，瓊安娜贏了賽跑，因為她堅信她做得到。「啊，她肯定做不到。」在她聲稱要接手照顧那隻被吉普賽人拋棄，長相不佳的小狗時，我們全都不看好。可是多少年了，直到那小東西死去為止，她一直悉心照顧著。

「外面下著雪，」戴米恩在餐廳裡繼續懷舊，「我們喝著黑標布希威士忌，那晚我們為慶祝小寶貝瓊安娜的誕生而乾杯。」

他的指甲縫裡一圈菸灰：在上菜之間他習慣要抽一根菸。多年前他曾經愛用菸嘴。後來把它賣了，克蕾兒問起時他說的。我們猜想肯定又是哪個女人送的禮物，等戀情結束就把它賣了。

「吃點覆盆子，戴米恩？」克蕾兒客氣地說。

他微笑接受了。放下菸，沒有捻熄，擱在一個小碟子上，再往覆盆子上澆了些奶油。我不知道他會不會有孩子；這事我之前從未想過。我常常想著的是，他在倫敦小酒店裡的人生，那些因為賒帳而不得而入的地方，那些深夜裡難堪的爭執。我總感覺他周遊各地——經常聽他提起——都只是短暫的過程，倫敦才是他的長留之地，就算狀況再差。我想像著那些寄宿的小房間，房租沒付，家當全進了當鋪。他在凌晨偷偷搬過多少次家？難道這小小的不老實也是一個詩人的權利？然而，我也想著，他是我們的朋友，一直以來都算是。他給我們的生活帶來了樂子。

「戴米恩對倫敦厭倦了，」瓊安娜說，「他打算搬回道爾住。」

晚上，克蕾兒以為我睡了，她正在哭泣。我輕輕地安慰她，彼此都沒有把這個驚嚇說出來，我們必須給自己一點時間平靜下來。我們躺著，想起頂多二十四小時前，克蕾兒還在說我們這位朋友是我們生活的興奮劑。我們對他的到訪總是高高興興的，他現在當然也老了，不像以前那麼英俊了，他的邋遢也更明顯了。不過，他還是原來的那個他。如果說他變了，那是不公平的，他只是給我們的屋子施了**魔咒**。這些魔咒我們不是不知道。我們看得非常透徹，從來沒有昏頭。

結婚這兩個字是我們最害怕的，雖然我們誰也不提這兩個字。不是因為戴米恩經常透露他很想結婚，我們才會興起這分擔憂；而是因為，瓊安娜就是瓊安娜。我們可能錯了，過去我們倆都認為隨興談個戀愛沒什麼，但是對這分愛我們可不這麼認為，我們也不認為說幾句安慰的話就能消滅這分痛。我們也不必明著講，瓊安娜這輩子就是喜歡高難度的東西，我們也不必和對方分享自己的感覺，在黑暗中，我們都更確定了一點，她覺得繪圖員、鳥類學家，或是任何其他登對的追求者都太沒有挑戰性了。或許在那一夜，我們才更進一步地了解我們的女兒，也更加愛她。在別的女人都失敗的當口，她成功了：我們聽見她下了決定，似乎能預料她根本不相信一路上會有任何失敗，失敗是屬於別的女人的。「我要嫁給戴米恩。」那一聲幼稚的蠢話還清楚地在耳邊迴響，夾著我們的揶揄調笑。

會不會他這次是有目的而來？克蕾兒停止啜泣，問我。他是不是要我們的女兒養他，在他小時候住過的地方照顧他，並要她疼惜一個老男人的軟弱？是不是他的前途在倫敦的某個街頭大放光明了，他以為往後的歲月將有如珠寶般耀眼？「我會告訴他們的。」我們女兒不是早就說過，打算請我們坐下來，給我們倒上一杯喜酒？她要宣告一則不是新聞的消息，我們會擁抱她，我們不會跟她說，戴米恩對於到手的東西只有三分鐘熱度，遲早會被他毀掉的。等到他下一次出現的時候，她會奔向他，兩人會像戀人般站在一起。以後的事我們無法預告，更何況這份形式上的關係也沒什麼好在乎的：實質上早就在那裡了。「這是我們的報應嗎？」克蕾兒問，我不知道答案，也不知道我們為什麼要有報應，我們究竟犯了什麼罪孽？

我們希望這一夜不要結束。我們不要再感受那偷鑽進屋裡，只是路過而根本不屬於我們的興奮。戴米恩的本性裡沒有見好就收這回事，冒險一旦開始就不會踩剎車，他的本性裡沒有所謂正當性的問題。到了早上，他的臥房不再只是一間空屋，小手提箱不見了，床頭櫃上會留著一張便條紙。「還記得那些人嗎？」克蕾兒在黑暗中低語，想也知道她指的是哪些人——基拉羅聖公會主教的女兒，紐約上州來的寡婦，威尼斯的英國女人，還有其他沒名沒姓的女人，全都出自我們這位朋友的口中。

「不合適啊。」我們說。當我們聽說他第一段婚姻破碎的時候，我們太忙，在那些忙碌的日子裡，沒時間難過。我們幾乎沒為那個主教女兒的命運設想過，也完全沒有理會那個美國寡婦，除了互相說了一句：「這就是戴米恩，一錯再錯。」當英國女人離開他，那已是個笑話。

我們說他老不修，賊性不改。

黎明的曙光出現了，鳥啼聲開始了。我們靜靜躺著，我們不相信重提過去的事就能改變現在。主教的女兒——當時要比現在的瓊安娜還年輕——穿著新娘禮服巧笑倩兮，我似乎又能感覺到親她臉頰時溫暖的觸感，聽見她對我的祝福致謝，她以羞澀的聲音說她快樂得超乎想像。我們在一張照片裡看過一個面孔，是那個美國女人的鵝蛋臉，黑髮，黑眼，朱唇微微開啟。英國女人的臉就只能憑想像，一張在吵架的臉，扭曲痛苦，臉上有冷冷的淚水。還有其他那些男人的妻子們，那些可愛、漂亮、身材姣好的女人，一一從黑暗的影子裡成形。這個老不修。

「我想我得去跟她談談。」克蕾兒的聲音在晨曦中發出，可是她沒有動，我知道她又改變了主意；談談只會使一切更糟。八十一，克蕾兒說：「瓊安娜四十八的時候，他八十一。」

我不去計算。這不重要。我以為我們可能會爭吵，疲累到了底就會帶出這一類的東西，可是我們沒有。我們沒有相互攻擊，用怪罪來推諉責任，吵開了，就會口不擇言。我們沒那麼做，是因為我們的婚姻已進入到日子得倒著數的階段，沒多少時間可以浪費了：危險的陣地早已被標示出來，我們都知道迴避了。至於我們早知道這傷害會成為別人的消遣之類的話，也更沒必要說了。

「我來泡茶。」我說，像平常一樣，在這麼早的時間我總是輕手輕腳地下樓，怕吵醒我們的女兒。今天某個時間，我和戴米恩又會踏進崔諾的酒吧；我可能會噁心地求他行行好，我甚至能聽見自己的聲音，那聲音很假，怎麼說都不對。我知道我其實什麼也不會說。為了保障女兒頭上那一片屋頂，我會不計一切，什麼都願意出借。一棟齊整的平房必定會取代道爾那棟破屋子。

《愛爾蘭日報》在信箱裡露出一半；我把它抽了出來。我端著托盤回我們的臥房，薄脆的薑餅擺在盤子裡，我們喜歡在大清早的時候吃這個。我們看報紙，沒怎麼說話。

那天上午稍晚，瓊安娜匆匆吃過玉米片和一片吐司。她發動車子，迴轉，疾馳而去。戴米恩現身了，我們坐在外頭，沐浴在九月的陽光下；克蕾兒沖泡了新鮮的咖啡。現在要恨他為時已晚；要否認我們的屋子因為他那些冒險故事而有了生氣，或者問他那些曾經愛過他的女人現在過得如何，也都為時已晚。我們反倒開始有一搭沒一搭地閒聊著。

【導讀】

八分之一的冰山與八分之七的悲喜交纏

張怡微

一九三二年，海明威在他的紀實性作品《午後之死》（Death in the Afternoon）中，第一次把文學創作比作漂浮在大洋上的冰山，「冰山運動之雄偉壯觀，是因為它只有八分之一的部分呈現在水面上。」用這一風貌來形容威廉．崔佛的短篇小說實在不為過。因為所涉獵的生活舞台廣闊紛繁，包容了各行各業的傳奇故事，這令威廉．崔佛有了「愛爾蘭的契訶夫」之美譽。以刻畫細膩立體的心靈景觀為基礎，威廉．崔佛向讀者們展示了歷經風雨的愛爾蘭人可躍然紙上的日常生活表象，但那是冰瑩安寧的冰山一角。

〈雨後〉這一短篇小說集，最精彩和大膽之處，在於威廉．崔佛為他的小說人物們所設定的出場處境。如開篇〈鋼琴調音師的太太們〉，從表面上看寫了一位盲人鋼琴調音師與他第二任妻子相濡以沫的新生活，但事實上，這段數十年的愛戀一直是以三個人的形式隱祕相處著，直至盲人的第一任妻子死去，第二任妻子美麗才終於夙願得償。往後的生活，美麗似乎是用著妄念與蠻力努力顛覆著她的幽靈情敵為她的丈夫所描述、塑造的世界。無論功過都成為她心尖上的芒刺。因而我們所見到的真相是一個盲人心目中的原始世界被女人的占有欲連血帶肉地摧毀，帶著情感強力，做著危險的復仇，與逝去的時光頑抗。

而小說〈一份友情〉以孩子們的胡鬧開場，抽絲剝繭可最終還原為一對不甚安寧卻也互相依賴的極品夫婦，在歷經生活瑣碎的折磨之後，丈夫提出了一個需要努力被接受的解決方案：讓妻子與其從小一起長大的閨蜜斷交。這也是我們生活中常常面臨的困境，我們的男朋友總覺得閨蜜從未在我們的戀愛中起過任何正面的作用。但威廉．崔佛卻迴避直接描寫丈夫提出這個建議的場景，他將整個飛旋而過的生活漩渦最終的落腳點放置於女人間數十年的友誼：它竟然如此不可靠，充滿了一種基於了解而生成的尷尬。全文看似線頭頗多，卻鉅細靡遺地呈現了生活血淋淋的橫截面。在看似穩定的婚姻背後藏有巨大的不安，如時光流逝、夫婦間的信任、友情中的價值差異，妻子甚至在閨蜜的帶領之下去重溫初戀舊夢（閨蜜果然真的沒有起到什麼好作用），但一切的一切都終止於一對從六歲就玩在一起的朋友「**在十一月瑟瑟的寒風中站了一會，便朝著兩個不同的方向走去**」的結局。戛然而止。

〈提摩西的生日〉寫了一位同性戀者，一年只在生日時回一次家，父母心知肚明，忍受著煎熬卻依然熱心迎接與兒子稀少的團聚。可這一年，提摩西就連這唯一一次都不願意出現，他將這個任務交給了自己的戀人，自己則在別處等他速速歸來。從寒暄到扯謊，再到一點一滴的沉默間，一個陌生人與一對失望的老夫婦之間傳遞著兩代人的隔閡與深情，字字不合時宜卻又帶著親人間彌足珍貴的誠意與失意。威廉．崔佛寫道：「**他們是受傷了，意料之中的，受了傷也受了罰。**」但這對老夫婦也不如提摩西想像的那樣脆弱、愚昧、難以面對，「**他們很明白……是他們的恩愛撐過了所有榮枯興衰，與奮鬥掙扎；再悽苦的日子也影響不了他們。**」這樣恆長的愛與提摩西自己偷偷摸摸的小情愛相比，是足以驕傲的，甚至超越性別。

納博科夫曾經在〈文學藝術與常識〉一文中寫道：「有時，在事物的進程中，當時間的溪水變成一股混沌之流，歷史的洪荒漫過我們的地窖，認真的人們總要在作家與國家或宇宙體之間尋求內在關係，而作家自己也開始為他們的職責而憂心忡忡。」威廉·崔佛無疑是一位憂心忡忡的寫作者，他的選材、描繪、與對於命運表象的描摹都充滿了不安。我們不難看出這位愛爾蘭作家對於人的命運與尷尬處境的思考十分深邃。如〈兒戲〉書寫了再婚家庭中兩個並無血緣關係的兩個孩子的相處，貿然、陌生、無可奈何。借用無家可歸的孩童或孤零零的女性，威廉·崔佛表達了他對孱弱、孤絕個人命運的悲憫之心。但這卻不妨礙他善用尖利，他讓許多現實中最好不要相處在一起的人在小說裡尷尬碰頭甚至共同生活。

那些可憐的小人物們不放棄自己的安穩，堅守自己的安穩，淨化生活的雜質，奮力、甚至有些固執地捍衛自己的安穩。這是威廉·崔佛筆下人物的生命力所在，作者的高明之處在於，他無意啟蒙那些萬花筒中的紛繁人物都成為可教化的知識分子，這也是威廉·崔佛的小說中總令人感覺少了一種受訓過的「正能量」。但這恰是他的優點。

就讓那些人物盡自己的本分吧，讓他們躲避。讓他們的軟弱反襯起命運的曲折與無常的破壞力。威廉·崔佛一定這樣想。而在歷經去年的諸獎紛擾之後，這位現年八十四歲的愛爾蘭文學巨匠，如今索性可以安安靜靜與他所創造的人物們一起享受安寧。這無疑是不夠完滿的，卻也挺幸福。猶如他小說般古典，閴靜就如雨後的凝視，萬物在他的鏡片下，一點一點清透起來。

本文轉載自《新京報》，公開發表於二〇一三年。作者威廉・崔佛於二〇一六年十一月逝世。

國家圖書館預行編目資料

雨後／威廉・崔佛（William Trevor）著. 余國芳譯. --初版. --臺北市：寶瓶文化, 2017. 4
面；公分. --（Island；267）
譯自：*After Rain*
ISBN 978-986-406-082-5（平裝）

873.57　　106003033

Island 267

雨後

作者／威廉・崔佛（William Trevor）　譯者／余國芳

發行人／張寶琴
社長兼總編輯／朱亞君
副總編輯／張純玲
資深編輯／丁慧瑋　編輯／林婕伃・周美珊
美術主編／林慧雯
校對／林婕伃・陳佩伶・劉素芬
業務經理／李婉婷
企劃專員／林歆婕
財務主任／歐素琪　業務專員／林裕翔
出版者／寶瓶文化事業股份有限公司
地址／台北市110信義區基隆路一段180號8樓
電話／(02)27494988　傳真／(02)27495072
郵政劃撥／19446403　寶瓶文化事業股份有限公司
印刷廠／世和印製企業有限公司
總經銷／大和書報圖書股份有限公司　電話／(02)89902588
地址／新北市五股工業區五工五路2號　傳真／(02)22997900
E-mail／aquarius@udngroup.com

法律顧問／理律法律事務所陳長文律師、蔣大中律師
如有破損或裝訂錯誤，請寄回本公司更換
著作完成日期／一九九六年
初版一刷日期／二〇一七年四月十七日
ISBN／978-986-406-082-5
定價／三五〇元
After Rain by WILLIAM TREVOR

愛書人卡

感謝您熱心的為我們填寫，
對您的意見，我們會認真的加以參考，
希望寶瓶文化推出的每一本書，都能得到您的肯定與永遠的支持。

系列：Island 267　**書名：雨後**

1. 姓名：＿＿＿＿＿＿＿＿　性別：□男　□女
2. 生日：＿＿年＿＿月＿＿日
3. 教育程度：□大學以上　□大學　□專科　□高中、高職　□高中職以下
4. 職業：＿＿＿＿＿＿＿＿
5. 聯絡地址：＿＿＿＿＿＿＿＿＿＿＿＿＿＿＿＿

   聯絡電話：＿＿＿＿＿＿＿＿　手機：＿＿＿＿＿＿＿＿
6. E-mail信箱：＿＿＿＿＿＿＿＿＿＿＿＿

   □同意　□不同意　免費獲得寶瓶文化叢書訊息
7. 購買日期：＿＿ 年 ＿＿ 月 ＿＿日
8. 您得知本書的管道：□報紙／雜誌　□電視／電台　□親友介紹　□逛書店　□網路　□傳單／海報　□廣告　□其他
9. 您在哪裡買到本書：□書店，店名＿＿＿＿＿＿　□劃撥　□現場活動　□贈書　□網路購書，網站名稱：＿＿＿＿＿＿　□其他＿＿＿＿＿＿
10. 對本書的建議：（請填代號　1. 滿意　2. 尚可　3. 再改進，請提供意見）

    內容：＿＿＿＿＿＿＿＿＿＿

    封面：＿＿＿＿＿＿＿＿＿＿

    編排：＿＿＿＿＿＿＿＿＿＿

    其他：＿＿＿＿＿＿＿＿＿＿

    綜合意見：＿＿＿＿＿＿＿＿＿＿＿＿＿＿＿＿＿＿
11. 希望我們未來出版哪一類的書籍：＿＿＿＿＿＿＿＿＿＿＿＿

讓文字與書寫的聲音大鳴大放

寶瓶文化事業股份有限公司

（請沿此虛線剪下）

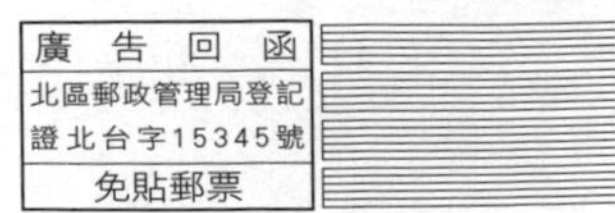

寶瓶文化事業股份有限公司 收
110台北市信義區基隆路一段180號8樓
8F,180 KEELUNG RD.,SEC.1,
TAIPEI.(110)TAIWAN R.O.C.

（請沿虛線對折後寄回，或傳真至02-27495072。謝謝）